長編小説

わが家は背徳

草凪 優

竹書房文庫

目次

※この作品は竹書房文庫のために
書き下ろされたものです。

第一章　衝撃のバスルーム

1

最高の一日は最高の朝食から始まる。

炊きたての真っ白いごはん、湯気の立つ味噌汁、今日のおかずはブリの照り焼きと揚げ出し豆腐、それにひじきの煮物や白和え（しらあえ）などの小鉢がつく。ボリュームがあるうえに栄養満点だから、これ以上の朝食はきっと望めない。

（おふくろの味、ってやつかな……）

漆原耕作（うるしばらこうさく）はごはんを頬張りながら、幸せをしみじみと噛（か）みしめた。三歳のときに実母と死別し、男手ひとつで育てられた耕作は、本当の「おふくろの味」を知らない。少し淋しい気はするけれど、知らなくても困るわけではないし、十九歳のいままで、ほとんど気にすることなく過ごしてきた。

しかし、三カ月前に突然、最高の朝食で始まる生活の幕があがった。

父が再婚し、義母ができたのである。

義母の薫子は四十歳。

新橋の小料理屋で雇われ女将をしていたという彼女は、料理の腕が抜群だった。とくに煮物がうまい。父も父なりに努力して、ひとり息子にひもじい思いをさせないよう、料理に精を出してくれていたと思うが、食卓に煮物が並んだことなどない。「男の料理は炒め物だよ！」というのが父の口癖で、肉でも野菜でも中華鍋で炒めて出せばいいと思っている。

「味、大丈夫？　しょっぱくない？」

義母がキッチンからひょっこり顔を出して訊ねてきた。この家のキッチンはリビングから奥まったところにある独立タイプで、台所仕事をしているときは姿が見えない。

「あっ、全然大丈夫です……すげえうまいっす……」

耕作はしどろもどろに答えた。最高の朝食で一日が始まる生活は素晴らしいが、義母とはまだ気楽に話すことができない。

（まったく、人生っていうのはなにが起こるかわからないもんだな……）

耕作は胸底でつぶやいた。父子家庭で育ったとはいえ、のほほんとした性格のせいで、世間で心配されるような葛藤もなく、平凡と言えば平凡だし、冴えないと言えば冴えない人生を送ってきた。ひと言で言えば「なにも事件が起こらない」――凪の海をたゆたっているような穏やかな毎日を送っていたから、父の再婚は日常生活を揺るがすような大事件だったと言っていい。

まず、家の中に女の人がいるということだけで緊張した。中高を私立の男子校で過ごした耕作は、異性とコミュニケーションをとるのが苦手だった。恋人はおろか、女友達なんてひとりもいないし、はっきり言ってまともに会話をしたことすらない。

そこへきて、ひとつ屋根の下に義母である。

ただの異性ならまだしも、彼女は妙にエロいのだ。

顔立ちは清楚に整っているのに、表情や所作にあふれる色香を隠しきれない。よく笑うのはいいとして、眼を細めたり、眉根を寄せたり、表情の変化が豊かであり、いちいちエッチくさくて戸惑ってしまう。

さらに、胸が異様に大きい。着衣の上からでもはっきりとわかる巨乳であり、歩けば上下に揺れはずむ。しかも、このところどんどん薄着になっていく傾向がある。胸元が大きく開いた服を着ていればいまにも谷間が見えそうだし、ブラチラや腋チラは日常茶飯事……。

再婚したのが桜の季節で、いまは夏も真っ盛りだから薄着になるのもしかたがないのだが、彼女いない歴＝年齢、まだ清らかな童貞である十九歳には眼の毒にしかならなかった。最高の朝食を噛みしめているときでさえ、勃起をこらえて悶絶するようなシチュエーションが三日に一度は訪れる。

（義理の母親をエロい眼で見ちゃうなんて、僕ってちょっとおかしいのかな……）

そう思わないこともなかったが、これには事情があるのだ。いくら精力のありあまっている十九歳とはいえ、義母を家族——父の妻であると認識していれば、エロい眼でなんて見ないはずだった。もちろん、認識はしているのだが、実感に乏しい。というのも、大手電子機器メーカーに勤めている父は、義母と再婚をした直後、海外赴任を命じられ東南アジアに行ってしまったのである。

それは、なにも事件が起こらない毎日を送っていた耕作の人生に訪れた、二度目の大激震だった。父が再婚し、家族が増えて生活がガラリと変わっただけではなく、当の父が家からいなくなってしまったのである。異性とのコミュニケーションに難がある十九歳にとって、これはなかなかの試練だった。

義母はエロいだけではなく、とびきり人懐こい。

「ねえねえ、耕作くぅん……」

となにかにつけて声をかけてくる。声だけではなく、ボディタッチも頻繁だ。突然息子になった十九歳と仲よくなりたい気持ちはわかるが、本当は小料理屋の女将ではなく、高級クラブのママとかではなかったのかと思ってしまうことがあるほど、彼女のボディタッチは大胆だった。肩や腕だけではなく、太腿（ふともも）やその付け根付近まで撫でまわされることがある。

正直、困る。

耕作はこの春に高校を卒業したものの、大学受験に失敗して現在は浪人中だ。それも、予備校には通わず自宅で孤独に勉強している、いわゆる「宅浪生」なので、日がな一日家にいる。

専業主婦の義母も、基本的には家にいるから、気になって勉強どころではない。二浪だけは絶対に避けなければならないのに、義母がエロすぎて英語の構文なんて全然頭に入ってこない。

本当に困る。

（もう一杯、いっとくか……）

困りながらも食欲だけは旺盛なのが、十九歳の男子だった。茶碗を持って立ちあがり、炊飯ジャーのあるキッチンに入っていくと、

「あら、おかわり？　声をかけてくれればいいのに」

洗い物をしていた義母が、柔らかな笑みを向けてきた。眼、鼻、口と、どのパーツも大きめなので、笑顔にとても華（はな）がある。笑っているだけでこんなにも華やぎのオーラを放つ人を、耕作は他に知らない。

「ほら、お茶碗貸して」

「だっ、大丈夫ですよ……おかわりくらい自分で……」

耕作は茶碗を渡すことを拒否しようとしたが、義母は本気で奪いにかかってきた。体を寄せてくると、薄手の夏ワンピースの下でたわわに実っている胸のふくらみを、腕にむぎゅっと押しつけられた。

耕作はほとんど反射的に、勃起した。それを隠すためには、茶碗を渡し、背中を向けなければならなかった。

「ごはんどれくらい？　大盛りかな？」

「おっ、大盛りで……」

カチンカチンに勃起している状態でごはんのことなど考えられなかったが、耕作は蚊の鳴くような声で答えた。

「いいわよね、男の子は食欲旺盛で。たくさん食べてくれると、ごはんのつくり甲斐があるもの」

「そっ、そうですか……」

「それより耕一くん、この前の話、考えてくれた？」

「はっ？」

義母に背中を向けている耕作は、首をひねって振り返った。

「この前の話、というのは……」

「やだ、忘れたの？　呼び方問題よー」

義母は茶目っ気たっぷりに唇を尖（とが）らせた。

「わたしのことママって呼んでほしいって、お願いしたじゃないの？　ごはんのおかわりが欲しかったら、『ママー』って呼んでくれれば、すぐお茶碗取りにいくのに」

「いっ、いやあ……」

耕作は苦りきった顔になった。たしかにそういう話はされた。忘れていたわけではないけれど、義母を「ママ」と呼ぶことには抵抗があった。三歳のときに死に別れ、ほとんど記憶にも残っていない実母に気を遣（つか）っているわけではない。ただ単に照れくさいのだ。だいたい、父のことも「父さん」と呼んでいるのに、十九歳でできた義母を「ママ」と呼ぶのはハードルが高すぎる。

「やっぱり恥ずかしい？」

義母が哀（かな）しげな上眼遣いを向けてくる。

「そっ、そうですねえ……」

「じゃあ、お母さんは？」

「それも……ちょっと……」

「わたしはねっ！」

義母はごはん大盛りの茶碗を持ったまま持論を展開した。

「家族になった以上、呼び方ってとっても大事だと思うの。なにごとも形から入ったほうがうまくいくと思ってるわけ」

「それはそうかもしれませんけど……」

「じゃあ、ママって呼んでくれる？」

「いっ、いやあ……」

耕作は弱りきった顔でしどろもどろに言葉を継いだ。

「かっ、薫子さん……じゃダメですか？」

「名前なのー」

義母は不満そうに頰をふくらませたが、すぐに大きな黒眼をくるりとまわすと、

「ま、いっか」

ごはん大盛りの茶碗を差しだしてきた。

「でも、わたしは『ママ』って呼ばれたいと思ってるから。それだけはしっかり覚えておいてちょうだいね。いつか呼んでくれることを期待してるから」

「はあ……」

耕作は曖昧(あいまい)にうなずくと、すごすごとキッチンから逃げだした。

2

耕作の自宅は東京の西側、都心から電車で四十分ほどの新興住宅地にある。

父が最初の結婚をしたときに買い求めた４ＬＤＫの一戸建てで、父とふたりで暮らしていたときは広さをもてあましている感じだったが、再婚によって住んでいる人間の数が増えた。

義母だけではない。彼女には女の子の連れ子がいた。耕作と同い年の十九歳、愛華という名前なのだが、耕作にとって天敵のような存在だった。エロすぎる義母とは別の意味で、激しい緊張を強いられる。

「なんなの、もう！」

リビングに入ってきた愛華は、テーブルに並んだ料理を一瞥するなり、不機嫌さも露わな声をあげた。

「ねえ、ママ！　朝っぱらからこんなババくさい料理出さないでって言ったじゃない。わたしこんなの食べたくない！　フレンチトーストつくって！」

尖った声をあげて朝食メニューの変更を迫る愛華を前に、耕作は黙って身をすくめていることしかできない。

苦手だった。

父子家庭及び男子校育ちの耕作にとって、ひとつ屋根の下に異性がいるというだけで緊張するのに、愛華はまったくこちらに気を遣わない。いつも苛々（いらいら）しているし、口を開けばヒステリックな金切り声。百歩譲ってそこまでは許すとしても、耕作のことを上から見下ろしてくる。

「ちょっと……」

愛華は向かいの席に腰をおろすと、すっぴん隠しの伊達（だて）メガネ越しに、ジロリと睨（にら）みつけてきた。

「あんたのせいだからね」

「なっ、なんの話ですか？」

「あんたが、朝ごはんは和食がいいなんて言うから、ママがはりきってつくってんでしょうが。おかげで食卓が真っ茶色！」

「そっ、そう言われても……」

「カフェラテ取って」

「はい？」

「冷蔵庫にカフェラテ入ってるから取ってきて」

「じっ、自分で取れば……いいんじゃない……ですかねえ……」

冷蔵庫のあるキッチンは、彼女の座っている位置のほうが近い。

「はっ？」

愛華が眼を剝いた。

「あんた誕生日は？」

「……五月五日」

「わたしは五月四日だから、わたしのほうがお姉さんよね？　お姉さんの言うことをきけないの？」

「そっ、そんな……たった一日早く生まれたくらいで……」

「一日だろうが一秒だろうが、早く生まれたほうがお姉さんでしょ？　あんたは弟、姉のパシリ」

「……いいですけどね」

口論しているのが馬鹿馬鹿しくなり、耕作はキッチンに行ってカフェラテを取ってきた。愛華は礼も言わず、さも当然のような顔で飲みはじめる。

（さっ、最低だ……こんな女、姉だなんて思いたくもないよ……）

すっぴんに伊達メガネでも隠しきれないほど、愛華は母譲りの美貌の持ち主だった。ついでに言えば、巨乳の遺伝子も受け継いでいる。だが、性格はまるで似ていない。ちょっと馴れなれしくはあるものの、基本的にはやさしくて気遣い屋で所作の一つひとつが女らしい母に対し、娘は態度も口も悪いガサツな威張りんぼだ。姉どころか、友達にさえなれそうもない。

ただ……。

愛華が不機嫌なのには理由がある。

彼女は現在、無職の引きこもりなのである。

思い返せば三月の終わり、まだ父が日本にいたころ、四人になった新生漆原家で食事会が開かれた。場所は西新宿の高層ホテルに入っているフレンチレストラン――食事会の趣旨は、耕作と愛華の高校卒業を祝うというもので、宅浪が決定していた耕作は肩身が狭く、六本木の名門スイーツショップに就職が決まっていた愛華は希望に胸をふくらませていた。彼女の夢はパティシエになることで、いずれはパリに修業に出てみたいなどと、大きな眼をキラキラさせてはしゃいでいた。

ところが、四月に入り、件（くだん）のスイーツショップで働きはじめた愛華は、三日で仕事を辞めてしまった。

理由はよくわからないけれど、義母によれば、大人の男と接したことがないから尻込みしてしまったのではないか、ということらしい。耕作とは逆に、愛華は母ひとり子ひとりの母子家庭で育ち、中高一貫の女子校に通っていた。異性とうまくコミュニケーションがとれないという意味では、耕作と似たようなものなのかもしれない。

「訊いても絶対認めないけど、あの子は男の人が苦手なのよ……」

義母が溜息まじりに言っていた。

「結婚しないであの子を産んだわたしも悪いんだけど、家の中に男の人がいないでしょう？　で、学校は六年間女子校……それだって、本人が望んだから行かせたんだけど、いま考えると大失敗。共学で免疫をつけさせるべきだった……男の人に対する免疫がなかったおかげで、せっかく採用されたお店を辞めることになっちゃうなんて、こんなに残酷なことってある？　名門スイーツショップで働いている男の人なんて、身だしなみに隙がなくて、色気のある人ばっかりって感じがするじゃない？　圧倒されちゃったんでしょうけどね、悪い意味で……」

なるほど、愛華の気持ちもわからないではない。ただ仕事を辞めただけではなく、パティシエになりたいという夢まで立ち往生してしまっている。

彼女は傷ついているのだ。仕事を辞めてからもう三カ月も経つのに、引きこもりを続けているくらい心に深いダメージを負っている。いつも苛々しているのも、ある意味しかたがないのかもしれないが……。

しかし、だからといって、すべてを大きな心で受けとめきれるほど、耕作も大人ではなかった。たった一日早く生まれたことを盾に取り、八つ当たりのように顎で使ってくる愛華の態度は許せないものがある。

「ちょっと！」

すっぴん隠しの伊達メガネ越しに睨んできた。

「あんた、なに黙々とごはん食べてるのよ。わたし、フレンチトースト食べて手がベタベタなんですけど。お姉さまの手がベタベタなの！　弟だったらさっとティッシュの箱を取るくらいのことできないかなあ」

「……はいはい」

耕作はうんざりした顔で立ちあがり、ティッシュの箱を取って愛華の前に置いた。愛華はやはり、さも当然のような顔で手を拭い、お礼のひとつも口にしなかった。

3

一年間の浪人生活を送るにあたり、耕作が予備校通いではなく宅浪を選んだのは、時間の無駄を省きたかったからだ。

都心にある予備校に通うためには、毎日電車だけで片道四十分の通学時間がかかる。徒歩移動の時間も含めれば、一日二十四時間のうち二時間近くが奪われる。満員電車はストレスフルだから、精神衛生上もいいとは言えない。家に引きこもっていたほうが、絶対に勉強に集中できると思った。

「その理屈には穴があるね」

耕作と同様、浪人生活に入った元クラスメイトは言った。

「人間の集中力には限界がある。どんなに成績のいいやつだって、十時間もぶっ続けで勉強なんてできないよ。人間には息抜きの時間が必要なんだ。もちろん、浪人生だから派手な息抜きはできないけど、予備校の休み時間に友達とちょっとしゃべったりすることが、いい気分転換になると思うんだよな」

なるほど、一理あるかもしれない。人間には息抜きや気分転換が必要だ。しかし、そのために長い通学時間に耐えることこそナンセンス。友達とおしゃべりなどしなくても、息抜きや気分転換くらいできるものだ。

オナニーである。

二、三時間も集中して英語の構文を頭に叩きこんでいれば、自然と休憩が欲しくなる。そんなとき、耕作はオナニーからの昼寝をすることにしている。カフェインの入った飲み物も、脳を活性化させる糖分もいらない。オナニーこそが最高の息抜きだと信じて疑っていない。

下半身をすっきりさせて小一時間も睡眠をとれば、集中力なんて余裕で回復してくれる。これは予備校通いの浪人生には決して真似できない、宅浪生だけの特権だと思うと、件の元クラスメイトを出し抜いているようで気分もいい。

その際、注意しなくてはならないのは、ＡＶなどをおかずにしてはならないということだ。

耕作はＡＶが大好きだった。十九歳の男子でＡＶが嫌いなやつなんているはずがないが、流れる映像を眺めながら勃起しきったペニスをしごき、あまつさえ射精までしてしまうのは、厳に慎まなければならない。それをやると、昼寝への移行がスムーズに行なえないからである。

ベッドに入り、眼をつぶって妄想をおかずに快楽に耽る——耕作にとって、それが至上のオナニーマナーだった。受験勉強の息抜きにするオナニーだから、昼寝に移行できないのは最悪だ。眼をつぶって射精すると、余韻の多幸感に包まれながらずっと眠りに落ちることができる。布団を被ってやっていれば、万が一、義母や義姉が部屋に入ってきたとしても誤魔化しがきくし……。

一日に二回、多いときは三、四回のオナニーに淫している耕作だったが、その日は珍しく夜になるまで勃起したペニスをしごくことがなかった。

今日もそろそろ日課をこなすかと、ニヤニヤしながら参考書を閉じた昼下がり、階下から激しい口論が聞こえてきたからである。

「いったいどういうつもりなの？」

「夏休みだから海に行くって言ってるだけでしょ」

口論していたのは、義母と義姉だった。耕作は足音をたてないように注意して、階下の様子をうかがいに行った。血の繋がった実の母娘は、お互いにリビングで仁王立ちになり、険しい表情で睨みあっていた。

「せっかく採用されたお店を三日で辞めちゃって、落ちこんでいると思ってたから、あなたが引きこもっててもママは黙ってたんでしょ。それがなに？　泊まりがけで海にいくってどういうこと？　そんな暇あるなら、就職活動したらどう？」

「なにごとにも息抜きが必要でしょ」

愛華はタンクトップにショートパンツ姿で長い手脚をすっかり出し、キャップにリュックでバカンスの準備は万端なようだった。

「家にばっかり引きこもってたら体にカビが生えてきちゃうわよ」

「それってママが頼んだこと？　あなたが勝手に引きこもってるだけでしょ」

「いいじゃないの、海くらい行ったって」

愛華は肩をすくめて両手を上に向けた。外国人がよくやるジェスチャーだが、愛華がやると小憎たらしい。馬鹿にされたと感じたのだろう、義母の顔色がみるみる暗色に曇っていく。

「男の子も一緒なんじゃないでしょうね？」

「はあっ？」

今度は愛華の眼が吊りあがった。

「なにそれ？　ママ知ってるでしょ。わたしに男友達がひとりもいないって、知っててそういう嫌味を言うわけ？」

「べつに……嫌味ってわけじゃ……」

「とにかく！」

愛華は口論を打ち切るように言い放った。

「友達がクルマで迎えにきちゃうから、わたしもう行くね。お説教があるなら、帰ってから聞く」

「待ちなさい！」

愛華が義母の体を押しのけて玄関に向かおうとしたので、ふたりは揉みあい、つかみあいになった。どちらも暴力的な性格ではないけれど、興奮状態にあることは一目瞭然だった。物陰から様子をうかがっていた耕作は、反射的にとめに入った。

「やめてくださいっ！」

耕作は暴力など振るったことがない平和主義者で、喧嘩の仲裁をした経験もなかった。揉みあうふたりの間に割って入った瞬間、興奮しきった義母にビンタをされた。びっくりしている暇もなく、次の瞬間、逆の頬を愛華のビンタが打ちのめした。耕作が情けない悲鳴をあげても、母娘は揉みあい、つかみあいをやめなかった。完全なるやられ損だった。

気がつけばリビングは静寂に包まれていた。

愛華は義母の制止を振りきって家から出ていってしまったようだった。

義母はテーブル席に腰をおろしてうなだれていた。両手で頭を抱えてしゃがみこみ、嵐が過ぎ去るのを待っていた耕作は、恐るおそる立ちあがって様子をうかがった。

泣いているようだった。

声を殺してむせび泣いている義母の姿に胸が締めつけられ、耕作は見なかったことにして二階の自室に戻ろうとしたが、

「わたしの育て方が悪かったんでしょうね……」

義母が震える声を絞りだすようにして言ったので、動けなくなってしまった。

「わかってるのよ、自分でも。甘やかしすぎちゃったなって……甘やかして育てることが愛情だって勘違いしてたって……やっぱり、男親がいないってダメね。子育てって、時には頭ごなしにビシッて言うことも必要なのよ……」

「いっ、いやあ……」

耕作は苦りきった顔で答えた。

「そんな大げさな話でもないような……いいじゃないですか、べつに。海くらい行ったって……ずっと部屋に閉じこもってちゃ不健康ですよ……」

「え？」

義母に涙眼で睨みつけられ、耕作の心臓は縮みあがった。

「耕作くんまで、あの子の味方をするわけ？」

「いやいやいや……味方とかそういうことはいっさいないですけど……」

「慰めてくれるつもりなら、いまの台詞はおかしいんじゃないかしら？」

「そっ、そうですか……」

「慰めてくれるつもりはあるの？　実の娘に裏切られた、憐れなわたしのこと」

「だから大げさですって、裏切られたとか憐れとか……」

耕作は苦笑するしかなかったが、義母はつられて笑ってくれなかった。

「慰めてくれるの？　くれないの？」

「……いったいどうしろと？」

義母は大きな黒眼をくるりとまわし、

「ごはんつくって……くれたら嬉しいな」

拗ねているのか、甘えているのか、よくわからない表情で言った。

「……いいですけどね」

耕作は溜息まじりにうなずいた。

時刻は午後一時をまわったところだった。漆原家では昼食は各自が勝手に食べることになっている。義母がつくってくれる朝食がボリューミーなので、耕作は菓子パンひとつで済ませることも珍しくない。

とはいえ、娘の暴走に傷ついて泣いていた義母に菓子パンを差しだすわけにもいかず、耕作はスパゲティを茹ではじめた。出来合のソースを使ってつくるので、料理というほどでもないのだが……。

「おいしい！」

義母はひと口頬張るなり、眼を真ん丸に見開いた。

「このたらこスパゲティ、こんなにおいしかったっけ？」

「ちょっとアレンジしてるんですよ」

耕作は照れながら答えた。

「まあ、仕上げにバターを入れてるだけですけど……」

「へええ……」

義母は感心したようにうなずきながら、もぐもぐと口を動かす。耕作は内心で安堵の溜息をついた。義母の顔に笑顔が戻ってきたからである。

「耕作くんって、料理が上手だったのね」

「いやいや、こんなのインスタントですから」

「でも、バター入れたり」

「父は仕事で夜遅いことが多かったから、インスタント系のアレンジはよくやってました。袋のラーメンに卵落とすとか」

父が再婚してから、そういう簡素な夕食とは縁がなくなった。義母が腕によりをかけて、朝食以上に気合いの入った料理を食卓に並べてくれるからである。

それはいいのだが……。

義母とふたりきりで食事をしているシチュエーションが初めてだったので、じわりと緊張感がこみあげてきた。朝食でも夕食でも、耕作が食べているときに彼女は台所仕事をしているし、一緒にテーブルについているのは天敵の義姉なのだ。

義母はバター入りのたらこスパゲティーがよほど気に入ったようで、満面の笑顔で頬張っている。

(たっ、たまらないな……)

笑顔とエロさは水と油というのが、耕作のかねてからの考えだった。せっかくきわどい水着を着ているグラビアアイドルがニコニコ笑っていると、これじゃあ台無しだと深い溜息がもれる。

しかし、義母の場合は笑えば笑うほどエロくなる気がする。具体的ななにかがあるというより、男を惑わすフェロモンを放ちだすというか……。

テーブルを挟んで向きあっている義母は、夏物の薄いワンピース姿だった。薄紫の花柄で涼やかな感じなのだが、胸元や腋がとても無防備だ。しかも、午後のリビングには明るい陽光が差しこんでいるから、ちょっと透けている。ジロジロ見なくても、ブラジャーの色がわかりそう……。

ピンクのようだった。ワンピースの生地に暖色は使われていないのに、ふたつの胸のふくらみのところが妙にピンクっぽい。そもそもカップが異常な大きさなので、正面から相対しているだけで息が苦しくなってくる。

勃起してしまいそうだった。

もちろん、そういうわけにはいかないので、むさぼるようにスパゲティを食べた。茹ですぎた麺がキッチンに残っていたから、たらこソースを追加しておかわりまでしてしまった。

腹がはちきれそうになるまで昼食をとることなんてほとんどない耕作は、二階の自室に戻るとベッドに倒れこんだ。眼を閉じると強烈な睡魔が襲いかかってきて、そのまま泥のように眠ってしまった。

4

起きたのは午後九時過ぎだった。

昼寝にもかかわらずざっと八時間も寝てしまったショックに、自己嫌悪がこみあげてきた。そもそも眼を覚ますと窓の外が真っ暗という状況は、人の精神を不安定にさせるものだ。

(まいったな……)

スパゲティを食べすぎたのでお腹なんてまったく空いていなかったが、漆原家の夕食は午後八時と決まっている。あわてて階下のリビングにおりていったが、テーブルに食事の用意はされていなかった。

それはいいのだが、義母の姿が見当たらない。リビングもキッチンもガランとして、人の気配がまったくしない。

買物にでも行ったのだろうか？

耕作は不可解な気分でソファに腰をおろした。買物に行くにしては、午後九時過ぎというのは遅すぎる気がする。スーパーがある駅前への道は緑が多く、昼間は散歩にうってつけだが、夜になると暗いし、静かすぎるし、女の人がひとりで歩くにはちょっと物騒だ。

しばらくするとバスルームからシャワーの音が聞こえてきたので、ハッとした。義母は風呂に入っているようだった。

（風呂……つまり、あの人はいま、一糸まとわぬすっぽんぽん……）

あたりまえの話なのに、胸がドキドキしはじめる。普段、義母が入浴するのは耕作や愛華が二階の自室にこもってからなので、それを意識することがない。だが、今夜は意識せずにはいられなかった。

天敵の義姉が海にお泊まりなのだ。つまり、いまこの家には、耕作と義母しかいないのである。

（ダメだぞ……人の道を踏みはずしたら絶対にダメだ……）

腹の底からむらむらとこみあげてくる欲望を、耕作は必死に抑えこんだ。この家のバスルームは、裏庭に面している窓がある。針金が入った曇りガラスの窓だが、換気のためによく開け閉めするので、鍵（かぎ）がかかっていることはまずない。裏庭にまわれば、のぞけそうな気がする……。

（いやいやいや……）

耕作はぶんぶんと音がたちそうな勢いで顔を左右に振った。のぞきは犯罪である。家族とはいえ、越えてはいけない一線はあるし、のぞいた瞬間に義母と眼が合ったりしたら、信頼関係が崩壊してこの家で暮らしていけなくなるだろう。

しかし……。

自意識過剰な愛華ならともかく、あの無防備な義母がのぞきを警戒しながら風呂に入るだろうか？　日常的にブラチラや腋チラを披露している彼女のことだ。風呂をのぞかれるという考え自体、頭の中に一ミリもないのでは……。

気がつくと、耕作はソファから立ちあがっていた。

手早く靴下を脱ぎ、それを持って勝手口に向かう。万が一のときの保険である。二階の窓から靴下を落としてしまい、それを拾いに裏庭に出た――苦しい言い訳だが、なにも保険をかけないよりはマシだろう。

今夜は熱帯夜だった。勝手口から外に出ると、湿気をたっぷり含んだむっとする空気が体中にまとわりついてきた。熱帯夜のせいだけではなく、バスルームから換気された空気もベタついている。

汗も噴きだしてきてかなり不快だったが、耕作は抜き足差し足でバスルームに近づいていった。真っ黒い夜の闇の中で、小さな曇りガラスだけが朧気(おぼろげ)な光を放っている。一歩進むごとに、シャワーの音が大きくなっていく。義母はいま、湯船に浸かっているのではなく、髪や体を洗っているに違いない。

チャンスだった。長い黒髪をシャンプーしている間なら、どんなに警戒している女だって、のぞきに気づくわけがない。のぞくのは一瞬でかまわない。一瞬ですべてをこの眼に焼きつけてやる。

体中から汗が噴きだし、どこもかしこもヌルヌルしていた。尋常ではない不快感なのに、短パンの中でペニスが膨張していく。すぐにカチンカチンに硬くなり、ポジションを調整せずにはいられない。

曇りガラスの側まできた。もちろん、影が映るようなヘマはしない。腰を屈め、頭をさげて、頭上の窓に手を伸ばしていく。サッシに触れる。硬くて重いが、指先だけで開けられそうな手応えを感じる。

シャワーの音はまだ聞こえていた。いましかないと覚悟を決め、一センチほど窓を開けた。息をとめて五つ数えた。浴室からのリアクションはない。義母は窓を開けられたことに気づいていない。

これは間違いなくシャンプー中だと確信した耕作は、ゆっくりと頭をあげていった。生身（なまみ）の巨乳をひと目拝んだら、すぐさま退散するつもりだった。

しかし、浴室をのぞきこんだ瞬間、動けなくなった。

期待どおり生身の巨乳が眼に飛びこんできたが、動けなくなったのはそれが理由ではない。想像以上にたわわに実り、丸々とした張りつめ具合に圧倒されたからでも、熟女と言っていい年齢なのに乳首が清らかなピンク色だったからでもない。

義母はたわわに実った左側のふくらみを、左手でつかんでいた。洗っているという雰囲気ではなかった。物欲しげに尖った乳首を指先でコチョコチョとくすぐったり、つまみあげたりしていた。

なによりも、右手が股間に触れていた。それもまた、洗っている雰囲気は皆無であり、どこをどう見ても股間をまさぐっているようだった。

快楽のために……。

性感帯をいじって気持ちよくなるために……。

義母はオナニーをしていたのである。

(うっ、嘘だろ……)

耕作はまばたきも呼吸もできなくなった。女のオナニーなら、AVで何度も見たことがある。それはたいていソファに座って両脚を開いたり、ベッドにあお向けに横たわって股間をいじっている。

それに対し、義母は立ったままだった。両脚をややガニ股気味に開いた姿がいやらしすぎて、眩暈がするほど悩殺された。

シャワーヘッドは絶え間なくお湯を吐きだしつづけている。だがそれは、義母の体にかかることなく床で撥ねている。カモフラージュだ、とすぐにわかった。義母はハアハアと息をはずませ、時には「ああっ」と声をもらしていた。その声が外に伝わらないよう、シャワーの音が必要だったのである。

（まさかっ……まさかっ……）

いくら自分の眼を疑ってみたところで、現実は動かせなかった。これは夢ではない。義母はいま、間違いなく自慰に淫している。自分の指で自分を慰めている。

「あううっ！」

義母が眉根を寄せて鋭い声を放った。左手の親指と人差し指で乳首を押しつぶしたからか、あるいは股間をいじっている指が感じるポイントにあたったのか……。

両脚を開き気味に立っている義母のガニ股は、時を追うごとに深度を増していった。スクワットで腰を沈める一歩手前のような感じで、けれどもスポーツに没頭しているさわやかさは微塵もない。

腰が動いているからだ。「ああぁっ！」「くううっ！」と鋭い声を放つたびに、腰がビクンッと跳ねあがる。そのまま、クイッ、クイッ、と股間をしゃくるような動きを見せる。

（いっ、いやらしすぎるだろ……）

耕作はギリリと歯噛みした。なるほど、義母は色っぽい。日常生活でさえセクシーさを隠しきれないところがあるほど、熟れた体の持ち主だ。それに加え、再婚したばかりの夫が海外赴任中では、欲求不満も溜まっているのかもしれない。

しかし、だからといってこれはやりすぎではないのだろうか？　十九歳の童貞でも、女に性欲があることくらい知っている。性欲は人間の三大欲求のひとつなのだから、あって当然にしろ、その発露の仕方には女らしい奥ゆかしさや慎ましさが必要なのではないだろうか？

「あううっ、混ぜてっ！　奥をもっと掻き混ぜてえええーっ！」

義母はついに、肉穴に指を入れたようだった。なにを妄想しているのか知らないが、このあえぎ方ははしたなすぎる。完全に獣の牝である。シャワーの音があるにもかかわらず、ずぼずぼっ、ずぼずぼっ、と肉穴を穿つ音さえ聞こえてきそうだ。

（すっ、すげえなっ……）

生まれて初めて女の自慰を目の当たりにした耕作は、圧倒されてしまった。セックスのときも、義母はこんなにも身も蓋もなく乱れるのだろうか？

自分が相手だったらドン引きだ、と耕作は思った。世の中には淫乱熟女のAVというものが存在するが、正視に耐えかねる。いくら女優が綺麗でも、騎乗位で男にまたがって取り憑かれたように腰を振りたてていては興醒めだ。いや、はっきり言って怖い。見てはいけないものを見てしまった気がする。

しかし、いま目の前で行なわれている義母の痴態は、それ以上だった。相手もいないのに、声をあげ、腰を振りたてて肉の悦びをむさぼっている。真っ白い素肌はピンク色に上気し、そこにびっしりと汗の粒を浮かべている姿がいやらしすぎる。肉づきのいい尻丘や太腿、あるいは驚くほどの巨乳をぶるぶると震わせて、激しいばかりに身をよじっている。肉穴に入っているのは、自分の指なのに……。

「ああっ、恥ずかしい、こんなに感じて……ダメッ！　もうダメえええっ……」

シャワーの音を掻き消すように、義母が叫んだ。

「イッ、イクッ……もうイクッ……薫子、イッちゃいますっ……イクイクイクイクイクッ……はぁうううううーっ！」

ビクンッ、ビクンッ、と腰を跳ねあげ、ガニ股に開いた両脚をガクガクと震わせた。オルガスムスに達したようだった。AVではお馴染みの場面でも、生身で目撃する女の絶頂はすさまじい迫力で、耕作は度肝を抜かれた。

見た目も衝撃的にいやらしかったが、匂いが漂ってくるのだ。これが発情した獣の牝が振りまくフェロモンなのか？　嗅いだことのない匂いだし、どういう匂いだと説明もできないのに、本能を揺さぶられてしまう。体の芯が熱くなり、ペニスが限界を超えて硬くなっていく。ブリーフの中がヌルヌルしているのは、大量の我慢汁を噴きこぼしているからに違いない。

「あああっ……はぁあああっ……」

義母は眼の上と鼻の下をだらしなく伸ばした浅ましすぎる顔で、オルガスムスを嚙みしめていた。まだハアハアと息をはずませているうちに、耕作は窓を閉めてその場をあとにした。

がっかりだった。

のぞいた自分が悪いのだが、明日から義母を見る目が変わるだろう。あんなにも大胆なオナニーをする女に、親しみなんて感じることができそうもない。つくり笑いを浮かべていても、心の中では軽蔑しきった冷たい視線を向けている。間違ってもママとは呼べないし、義母と思うことさえ嫌になってくる。

オナニーをするなとは言わないが、布団の中でこっそりやればいいではないか。義姉は海に行ってしまったけれど、家の中には自分がいたのだ。よがり声をあげて悶えていれば、見つかる可能性だってゼロではないはずなのである。

（ちくしょう……ちくしょう……）

二階の自室に戻った耕作は、布団にもぐりこんでペニスをしごきはじめた。義母に対する軽蔑や憤怒はおさまっていなかったが、ペニスが硬く膨張しすぎてさっさと抜かないと爆発してしまいそうだった。

第二章　初めてをあげる

1

一週間が経った。

家の中の雰囲気は最悪だった。耕作が義母を軽蔑しはじめたから、というのも多少はあるが、もっとも大きな要因は天敵の義姉にあった。

一週間前、泊まりがけで海に行った愛華は、帰ってくると様子がおかしくなっていた。耕作に対して姉貴面をしたり、ヒステリックに当たり散らしてくることがなくなった。それはいいのだが、なんだかひどく落ちこんでいるようだった。

とにかく口をきかなくなった。視線はいつも下を向き、深い溜息ばかりついている。食欲もないようで、大好物のフレンチトーストが食卓に出てきても、ひと口齧って自室に戻ってしまう有様……。

さすがに義母も心配になったようで、

「あなたたち、毎日家にばっかり閉じこもってないで、たまには映画でも観てきたら。お小遣いあげるから」

朝食の席でそんなことを言ってきた。長財布から出された一万円札が、テーブルに置かれた。

(この前は、海に行くってだけでカンカンに怒ってたくせに……)

耕作は胸底で苦笑した。もちろん、泊まりがけで友達と海に行くのと、曲がりなりにも家族である耕作と映画を観にいくのとでは、心配度も段違いかもしれない。珍しく落ちこんでいる娘の気分をリフレッシュさせようというのは、しごくまっとうな親心でもあるだろう。

しかし、本当にそれだけだろうか?

耕作は訝(いぶか)らずにはいられなかった。耕作と愛華が出かけてしまえば、この家に残るのは義母ひとり。思う存分オナニーができる。バスルームにこもり、シャワーの音で淫らな声をカモフラージュしなくても、ベッドやソファで好きなだけ性感帯をいじりまわせるのである。

(やりたいんだろうなあ。立ったままであんなに激しくイキまくってたんだから、もっとじっくり自分で自分を慰めたいんだろうなあ……)

朝食を食べおえると、耕作は外出着に着替えて玄関の外で愛華を待った。

映画なんて観たくなかったし、そもそも天敵の義姉とふたりきりで出かけるなんて、勘弁してほしいとしか言い様がない。

だが、一万円のお小遣いを見逃すことはできなかった。浪人生はとにかくお金がないのである。血の繋がった父がいれば、まだ金の無心がしやすいが、義母にはそれがしづらいから、この三カ月はかなりの金欠状態だった。

一万円をふたりで分ければ五千円。それさえ受けとれば、すぐさまお互い別行動にして、三時間ほど時間を潰して帰宅すればいい。愛華にしても、自分とふたりで映画になんて行きたくないだろう。

ところが……。

玄関から出てきた愛華に、

「はい」

と右手を差しだすと、不思議そうに首をかしげられた。家にいるときは伊達メガネにスウェットの上下だが、メイクをして白いワンピースを着ていた。一瞬気圧（けお）されてしまいそうなほど綺麗だったが、そんなことはどうだっていい。

「一万円の半分、僕のものでしょ」

「映画を観にいくのよ」

「はあっ？　馬鹿正直に映画なんて観なくてもいいじゃない。一万円を半分こしてあとは別々に時間を潰せば……」

「あんた、どこまで性根が腐ってるの。ママの好意を踏みにじりたいわけ？」

「いや、べつに……そういうわけじゃないけど……」

耕作は口ごもるしかなかった。まさかの展開だった。いくら義母の提案とはいえ、愛華が自分とふたりで行動したがるなんて夢にも思っていなかった。

電車に乗って新宿に出た。

愛華が観たい映画があるというので、耕作は内容も確かめずに了解した。はっきり言ってどうでもよかった。ネットにアクセスすれば無料で観られる動画コンテンツがいくらでもあるのに、わざわざ映画館に行く意味がわからない。もはや学生証もないので、入場料を二千円もとられるのだ。

とはいえ、とにかく一緒に映画さえ観てしまえば、残りの三千円はさすがに渡してくれるだろう。

歌舞伎町にある映画館に入った。愛華が選んだ作品は恋愛映画だった。オスカー候補になったらしいが、耕作は呆然としてしまった。アクション、ホラー、ＳＦ、サスペンス――映画にジャンルはいろいろあれど、男がもっとも避けて通りたいのが恋愛映画ではないだろうか？　耕作が通っていた男子校で、恋愛映画や恋愛ドラマが話題になったことなど、ただの一度もありはしない。

それでも黙ってスクリーンに向きあった。たった三千円のために涙ぐましい努力をしていると思ったが、それが嫌ならさっさと大学生になって、アルバイトで小遣いを稼げばいいのである。

映画は「愛の不毛」がテーマの文芸路線だった。それはいいのだが、とにかく濡れ場が多すぎた。オープニングから、主人公である初老の男が若い女と森の中でセックスし、その後もとにかくいろんな女を抱きまくる……。

深遠なる人生の真実を伝えようとしているのかもしれないが、恋愛経験のない十九歳に、そもそも「愛の不毛」などわかるわけがなかった。次々に繰りだされるＡＶ顔負けの濡れ場に顔が熱くなり、隣に愛華が座っているから歯を食いしばって勃起をこらえなければならず、ただただ苦しいだけの二時間を過ごした。

「はあーっ！」

映画館を出ると、外の空気がやけに新鮮に感じられた。

「さあ、お釣りを半分こしよう」

右手を差しだした耕作を無視して、愛華は歩きだした。無視——それは人が人にもっともしてはならない、無礼にして凶悪な態度と言っていいだろう。無視をされると人は傷つく。とくに、若い男が若い女に無視をされると、自分には存在する価値がないのではないだろうかと深く落ちこむ。

（まあ、気持ちはわからないでもないけどさ……）

映画が終わり、場内が明るくなったとき、彼女の頬が赤く染まっているのを耕作は見逃さなかった。おそらく、彼女にしてもあれほど濡れ場ばかりの映画だとは思っていなかったのだろう。しかし、自分が選んだ作品なので席を立つわけにもいかず、延々と男と女のからみあいを見せつけられたのだから、恥ずかしくてしょうがなかったに違いない。

だが、それはそれとして、とにかくお釣りの半分は渡してもらわなければならなかった。こちらもそれほど暇ではないから、義姉の羞じらいに付き合っていることはできないのである。

「ねえ、三千円！　それは僕のものでしょ！」

歩きながらしつこく言ったが、愛華はとりあってくれなかった。耕作を無視して歩きつづけ、眼を向けてくることさえない。

「まさか、お釣りを独り占めしようとしてるんじゃないだろうね？　それはないんじゃないかなあ。たしかに薫子さんはキミのお母さんだけど、ふたりにって一万円くれたわけじゃない？　僕にもお釣りの半分をもらえる権利が……えっ？」

愛華が突然立ちどまったので、後ろを歩いていた耕作は彼女の背中にぶつかってしまった。

「なっ、なに？　どうしたの？」

「お釣りは六千円……」

愛華が長い溜息をつくように言った。

「あそこに入れるね」

彼女が指差したのは、看板だった。『ご休憩　二時間　五千六百円』――ラブホテルの看板である。

「なっ、なに言ってるの……」

耕作はにわかに取り乱してしまった。愛華とふたりでラブホテル？　ラブホテルはセックスするための場所だろう。どうしてそういう話になるのか、まったく意味がわからない。

「理由はあとで説明する。部屋に入ってから……」

「へっ、部屋に入って話がしたいわけ？」

「うん」

セックスの誘いではないようなので、耕作はひとまず安心した。しかし、話をするためだけに、高いお金を払ってラブホテルに入る必要があるだろうか？

「いいでしょ……ねっ、お願い……」

　こちらをじっと見つめてくる愛華の眼に、いつものような威圧感はなかった。儚（はかな）げで、淋しげで、それでいてどこかすがりつくようでもあって――そもそも母譲りの美貌の持ち主だから、そういう表情で見つめられると、十九歳の童貞に抵抗することはできなかった。

（一万円もらって映画を観て、お釣りは六千円、ホテルに入ると五千六百円、残りは四百円、ふたりでわけると……二百円！　マジかよ！）

　激しい眩暈が襲いかかってきたが、愛華がラブホテルの建物に入っていってしまったので、耕作も続くしかなかった。

2

　生まれて初めて足を踏み入れたラブホテルの部屋は、ひどく素っ気なかった。安いペンションとかビジネスホテルのような感じだが、その部屋には窓がなかった。部屋の中央にやたらと広いベッドが鎮座していて、訪れる人たちの目的を饒舌（じょうぜつ）に物語っていた。

（いやいや、そうじゃないから……そういうんじゃないから……）

　耕作の鼓動は乱れきっていたが、必死に平静を保ちつつ、ソファに腰をおろした。

愛華は一瞬考えてから、ベッドに座った。

ふたりの距離は一メートルほどあるが、それでいい。耕作は内心で安堵の胸を撫で下ろした。並んで座って手の届く距離にいられるほうが、よほど緊張しそうである。

「話、聞いてもらっていいかな？」

愛華がしおらしい上眼遣いを向けてきた。

「いいけど……」

耕作が渋々うなずくと、

「でも、その前に喉渇いたね……」

愛華は立ちあがり、冷蔵庫を開けた。

「お茶とコーラとコーヒー、どれがいい？」

「じゃあ……コーラ」

耕作は敗北感に打ちのめされながら答えた。

冷蔵庫に入っている飲み物はただではなかった。ソフトドリンクは一律二百円。つまり、二本飲んだら四百円。お釣りはきれいになくなってしまう。なんなら、新宿までの電車賃ぶんだけ赤字だ。自棄（やけ）になって、コーラをガブガブ飲んでやる。

「わたしさ、この前海に行ったじゃない？」

愛華はベッドに座り直し、話を始めた。

「女の子四人で三浦半島の民宿……高校時代からの親友なの。海で遊ぶのも楽しかったけど、そういうのってやっぱり、夜更かししておしゃべりするのがいちばんの目的だったりするじゃない？　そこで……衝撃の事実を耳にしたわけ」

愛華が意味ありげにひそめたので、

「……どっ、どんな？」

耕作は恐るおそる訊ねた。

「わたしたちみんな、恋愛経験ゼロだったのよ。中学から女子校だったっていうのもあるけど、四人ともそれぞれ夢があったから、恋愛は後まわしって感じで……イラストレーターや声優やエステティシャンを目指してて、わたしはもちろん、パティシエになりたかったしね。みんなで夢を叶えようっていうグループだったわけ。高校時代は……」

愛華の眼つきがにわかに険しくなったので、耕作は緊張した。

「それなのに……たった三カ月会わない間に、わたし以外の三人は全員経験しちゃってたんですって」

耕作は愛華から眼をそむけた。十九歳の童貞でも、さすがになにを「経験」したのか、わからなくはなかった。

「ふたりが彼氏もちになってて、あとのひとりは彼氏じゃないけどエッチはしたって……マジどうなってるのって唖然としちゃった。気がつけばわたしだけが処女……それはいいとしても、三人が三人、口を揃えて言うわけよ。『愛華ー、エッチを知ったら人生変わるよー』って、上から目線で……」

「……なっ、なるほど」

耕作はごくりと生唾(なまつば)を呑みこんだ。喉が渇いてしようがなかったが、コーラの缶はすでに空になっていた。

「そっ、そんなことがあったから、海から帰ってきて落ちこんでいたと？」

「そうよ」

「気にすることないんじゃないの……」

「気にするでしょ」

「だいたいさ、仕事を辞めて三カ月も引きこもっている女が、彼氏なんてできるわけが……ばふっ！」

飛んできた枕が、耕作の顔面にヒットした。

「朗報よ」

こちらを睨んでいる愛華の眼は、完全に据わっていた。

「わたしの処女、あんたにあげる」

「はあっ？」

耕作は素っ頓狂な声をあげた。

「話の筋道が、全然わかんないんだけど……」

「だから、友達三人が口を揃えて言うわけよ。『エッチを知ったら人生変わる』って。なにが変わるの？　って、わたしは当然訊きました。そしたらね、自分に自信がもてるようになるっていうのよ。あと、男の人に物怖じしなくなるって……あっ、なるほど、わたしに必要なのはそれなんだなって思った。せっかく採用してもらった六本木のお店、すぐに辞めることになったのは、エッチの経験がなかったせいだと思った。処女でさえなければ、きっとうまくいってたはずだって……」

「そっ、そうかなあ……」

耕作は首をかしげざるを得なかった。なるほど、自分に自信をもって異性に対して物怖じしないのは、立派な社会人になるためには必要なことかもしれない。だが、セックスを経験したくらいで、本当にそれが獲得できるのだろうか？　高校時代からセックスしているような人はいくらでもいるだろうが、そういう人たちはみんな立派な社会人になっているのか？

「なんなの？」

愛華がジロリと睨んでくる。

「わたしがやらせてあげるって言ってるのに、嬉しくないわけ？」

「いや、だって……まずいでしょ。曲がりなりにもきょうだいなわけだし……」

「血が繋がってないんだから大丈夫よ」

「だいたい、なんで僕としたいわけ？　そっちから好意を感じたことって、いままで一度もないんだけど……」

「お手軽だからに決まってるでしょ」

愛華はきっぱりと言いきった。

「わたし、あんたくらい気楽に話ができる男の子って初めてなのよ。理由は簡単でしょ。わたしはその友達の四人の中でも……ううん、クラスでも一、二位を争うくらい可愛かったわけ。あんたは底辺でしょ？　わたしとあんたが共学校の同じクラスにいたら、わたしはスクールカーストのトップ。あんたはいじりの対象にもならないくらい下の下……三年間同じクラスでも、口をきくのはおろか、一度も眼を合わせなかった自信がある」

「……ひどくない？」

「でも、だからこそわたしを抱けるチャンスが訪れたんだから喜びなさい。あんたを好きなわけじゃない。彼氏面なんてされたら絶対困る。でも、いまお手軽に処女を捨てる相手としては、絶妙なキャスティングだと思うわけよ」

「いやあ……」

耕作は苦笑いするしかなかった。傷ついたハートが血飛沫をあげていたが、怒る気力さえ奪われた感じだった。

「一生に一度のことなのに、お手軽に初体験を迎えていいのかな？　好きでもない相手と無理やりするセックスって……そんなの夢も希望もないよ。だいたいさ、僕は底辺なんでしょ？　たしかに、学校では目立たなかったし、モテたことなんて一度もない。でも、底辺呼ばわりされた相手とそういうことするなんて……僕にだっていちおう、男としてのプライドがあるわけで……」

言葉が途切れた。愛華がベッドから立ちあがり、こちらに近づいてきたからだ。金縛りに遭ったようにソファに座ったまま動けない耕作の前で、ふたつの拳を握りしめて仁王立ちになった。ふたつの拳は小刻みに震えていた。

「わたし……このままじゃいけないと思うの……」

絞りだすような低い声で言った。

「いつまでも拗ねて、引きこもりを決めこんで、こんな暗い青春、ホントにやだ……もう一度、夢にチャレンジしたい……そのためには、自分に自信がもちたい。男の人に物怖じしない自分に、生まれ変わりたい……」

愛華の眼には、うっすらと涙が浮かんでいた。

美人はずるい、と耕作は思った。ずるいというか、ほとんど卑怯だ。涙眼で哀願すれば、どんな理不尽な要求でも通ってしまう。綺麗な女を泣かせるのは罪である――男の本能には、そういう刷りこみがされているのかもしれない。彼女の言っていることは無茶苦茶だと思っているのに、反論することがどうしてもできない。

3

湯船に浸かった。

そのラブホテルの湯船は円形でとても広かった。お湯を溜めるのに時間がかかったけれど、耕作は全裸のままお湯が溜まるのを待った。

乱れた心を整える必要があったからだ。のんびりしたお風呂タイムは、いつだって心身をリラックスさせてくれる。耕作は子供のときから、父が呆れるほどの長風呂だった。

「んっ？　これってジェットバスなのかな？」

手元のスイッチを適当にいじってみると、肩や背中に勢いよくお湯が噴射してきた。

それは心地よかったが、どういうわけか照明が暗くなって原色のライトがチカチカと点滅しはじめ、なんともエロティクなムードになった。ここを利用する恋人たちが、ふたりでお湯に浸かりながらイチャイチャしていると思うと、勃起しそうになってしまった。

「初体験かぁ……」

ふうっ、と深い溜息がもれる。

行きがかり上、愛華のロスト・ヴァージンを手伝うことになってしまったが、耕作にしてもセックスの経験などなかった。清らかな童貞のうえ、キスやハグすらしたことがない。

AVだけは人には言えないほどよく観ているので、どうすればいいのかなんとなくはわかるけれど、あくまでなんとなくであり、うまくやり遂げる自信など一ミリもなかった。これからセックスをしなければならないと思うと、不安ばかりがこみあげてくる。

しかも、相手は天敵の義姉である。

こちらを底辺呼ばわりするような女であり、本当に性格が悪い。口も悪ければ態度も悪く、清らかな童貞を捧げる相手に相応しいとはとても思えない。

だが……。

ほんの一瞬、愛華のヌードを脳裏に思い浮かべただけで、耕作は痛いくらいに勃起してしまった。性格は最悪でも、愛華は本人の自信過剰を笑い飛ばすことができないほどの美人なのだ。

整った顔立ちは母親譲り――まだ若いから色気はないが、顔も綺麗ならとんでもない巨乳でもあり、そのくせ手脚の長いスタイルはファッションモデルのようである。素肌だって真っ白にしてつやつやと輝いており、家の中ですれ違うだけで甘い匂いが漂ってくる……。

「あっ、あの体に……触っちゃうのか……触るだけじゃなくて、撫でたり揉んだり、両脚をひろげていやらしいところをジロジロ見たり……」

にわかに息が苦しくなり、心臓が早鐘を打ちはじめた。いまは十九歳の宅浪生でも、来年大学生になったあかつきには、全力で童貞を捨てにかかるつもりだった。「やらずの二十歳（はたち）」にはなりたくないので、五月五日の誕生日までに、石にかじりついてもセックスを経験しようと決意している。

とはいえ、愛華のような美人とできると思ったことは一度もない。耕作は自分というものをよく知っている。底辺とまでは言われたくないが、容姿は月並みだし、恋愛経験だって皆無なのだから、悲しいけれど美人は無理だ。ヤンキー崩れのやりまんに一発恵んでもらうのが関の山だろうと諦めていた。

（ヤンキー崩れのやりまんと愛華じゃ、月とすっぽんだよ……しかも愛華は、やりまんどころか清らかなヴァージン……）

先ほど恩着せがましいことを言われたときにはまるで響かなかったが、たしかに彼女のような女を抱けるなんて人生最大の僥倖（ぎょうこう）、もう二度と訪れることのないラッキーチャンスなのかもしれない。

「ちょっとおっ！」

扉の外から愛華の怒鳴り声が聞こえてきた。

「いつまでお風呂入ってるの？　待ちくたびれて死にそうなんですけど！」

信じられないことに、愛華は扉を開けた。ラブホテルのバスルームには、鍵などついていなかった。

「なっ、なんだよっ！　勝手に入ってくるなよっ！」

焦って取り乱す耕作のことを、愛華は鬼の形相で睨みつけてきた。

「信じられない……なんでのんびりお湯になんか浸かってるわけ？　これからセックスするっていうのに、ジェットバスを満喫してる場合じゃないでしょ！」

「いやでも、せっかくだし……」

「あんた馬鹿？　セックスの前のシャワーなんて、ささっと体を流すだけでいいのよ。そんなことくらい、処女のわたしだって知ってるんだけど」

「……すいません」

愛華の剣幕に気圧されて、耕作は謝るしかなかった。

「とにかく出て」

「……ああ」

「早く！」

「いやいや……」

耕作は泣きそうな顔で苦笑した。

「そっちが出てってくれないと、湯船から出られないんですけど……」

「屁理屈言ってないで早く出なさい。わたしたちこれからセックスするのよ。裸を見せあうの！　恥ずかしがっている場合じゃないの！」

たしかにそうかもしれなかったが、愛華は白いワンピースを着たままだった。耕作だけが全裸で、しかも体の一部が大きくなっている。童貞のナイーブな神経では、この状況で湯船から出ていくことなんてできない。

「ほらあっ！」

愛華が手をつかんできた。

「あんまり世話を焼かせないでっ！　早く出てっ！」

「やっ、やめてっ……やめてくださいっ……」

耕作は涙眼で哀願したが、愛華は左右の手をつかんで引っぱってくる。綱引きで勝利が目前になったときのように、ムキになって力をこめている。両手をつかまれてしまった耕作は、股間を隠すことすらできない。

「ああああっ……」

情けない声をあげながら、耕作は立ちあがて湯船から出た。股間のペニスはカチンカチンに硬くなり、臍(へそ)に張りつく勢いで反り返っている。異性の視線を感じ、釣りあげられたばかりの魚のようにビクビクと跳ねる。

「えっ……」

愛華が眼を真ん丸に見開いた。

「みっ、見ないでくれよ……」

女のようにもじもじする耕作をよそに、愛華の視線はペニスに釘づけになったままだった。一秒ごとに表情がくるくる変わった。最初は驚いていた。眼を真ん丸に見開いて仰天した。すぐに頬が赤く染まっていった。恥ずかしがっているようだった。だが次第に、眼が爛々(らんらん)と輝きはじめた。生まれて初めて対峙した男性器官に、好奇心を疼(うず)かせているようだった。

「こっ、これがわたしの中に入るのね……」

愛華は息をしていなかった。

「おっ、思ったより大きくて、怖いんですけど……」

言いつつも、怖がる素振りは微塵も見せない。その証拠に、右手を伸ばしてこようとしている。恥ずかしいほど反り返り、裏側をすべて見せている肉の棒に……。

「あうっ！」

ちょんっ、と裏筋に触れられ、耕作は声をあげてしまった。

「きっ、気持ちいいの？」

愛華が眼をギラギラさせて顔をのぞきこんでくる。

「いや、その……気持ちがいいっていうか……」

耕作はしどろもどろだ。

「わたしだって鬼じゃないから……」

愛華がひきつった笑みを浮かべて言った。双頰が淫らなまでに紅潮していた。

「わたしの都合でロスト・ヴァージンに付き合ってもらうんだから、あんたにも気持ちよくなってほしいっていうか……そういう気持ちだって少しはあるわけ」

「……なっ、なるほど」

うなずく耕作の顔もひきつりきっている。

「やっ、やさしいところもある……んですね……」

「こういうふうにしたら、気持ちいい？」

「あううーっ！」

ぎゅうっと肉竿を思いきり握りしめられ、耕作はのけぞった。

「強い強い強いっ……強すぎるから！」

「あら、ごめんなさい」

愛華は耕作をからかうように悪戯（いたずら）っぽく笑った。

「なにしろ処女なもので……オチンチンに触ったのも初めてなもので……要領悪くても許してね」

ささやきながら、ニギニギとペニスを刺激してくる。

「むっ……むむっ……」

耕作は顔を真っ赤にして悶絶した。愛華がペニスに触ったのが初めてなら、こちらも触られるのが初めてなのだ。

愛華の触り方はちょっと乱暴だったが、女の華奢（きゃしゃ）な手指で触れられる感触は想像を超えていやらしかった。なにより、母親譲りの美貌が、息のかかる距離にある。お互いに立ったままで、愛華は横側から身を寄せてきている。ちょっと顔を近づければ、キスだってできそうなのだ。

「ねえ……」

愛華が瞼（まぶた）を半分落としたセクシーな顔でささやいた。

「どうすればもっと気持ちよくなる？　気持ちよくしてあげたい」

「しっ、しごいてっ……」

耕作は顔中から脂汗（あぶら）を流しながら反射的に答えた。

「ふふっ、こうかしら？」

「あううう一っ！」

しこしこと肉棒をしごかれると、耕作は激しく身をよじった。自分でしごくのとはまったく違う刺激が体の芯まで熱くして、滑稽(こっけい)なダンスを踊らずにはいられない。恥ずかしいと思っても、意思の力ではどうにもならない。

「おっもしろーいっ！」

愛華はキャッキャとはしゃぎだしそうだった。

「そんなに気持ちいいの？　愛華ちゃんの愛撫、踊っちゃうくらいの快感なわけ？」

男を辱(はずかし)める意地悪な問いかけをされても、耕作は言葉を返せなかった。気持ちがいいのを通り越して、射精の前兆に体が震えだしていたからである。

「あっ、あの……あのっ……」

「なあに？」

「やっ、やばいんだけど……」

「なにが？」

「だから、その……出ちゃいそうなの！」

「だからなにが？」

「精子だよ！」

「出したいわけ？」

「ううう……」

耕作は唇を噛みしめた。もちろん出したかったが、今後のことを考えると安易に射精をしていいとは思えない。愛華はまだ白いワンピースを着たままで、こちらは全裸。みじめすぎる状況にもかかわらず、指先だけで悶絶させられている。このまま射精したりしたら、男としてのプライドがズタズタにされそうだ。

「精子、出したくないんだあ……」

愛華がペニスから右手を離したので、

「あああっ……」

耕作はいまにも泣きだしそうな顔になった。

「やっ、やめないで……」

「なによ？　出したくないんでしょ？」

耕作は唇を噛みしめながら首を横に振った。

「出したいの？」

ヘッドバンキングのような勢いでうなずく。

「愛華ちゃんの愛撫で出したいのね？」

「……出したい」

耕作はもはや、完全に泣きそうだった。射精寸前で刺激を取りあげられたもどかしさに、地団駄まで踏んでしまう。

「どうしよっかなー」

愛華は性格の悪さを全開にして、もったいぶった態度を見せた。ふうっ、と耳底に息を吹きかけられ、耕作はぶるっと震えた。華奢な右手がペニスに戻ってきたが、しごくことはなく、握り方もひどくソフトだった。処女のくせに、男を焦らすテクニックがあるのかと啞然とする。

「出させてあげたら、わたしの言うことなんでもきく？」

「きっ、きくっ……きくよっ……」

「パシリどころか奴隷になってもらうわよ。それでもいい？」

「いいですっ！　奴隷でいいですっ！」

耕作にはもはや、まともな判断力はなくなっていた。とにかく射精がしたかった。それ以外のことはなにも考えられず、命じられれば土下座でもなんでもして愛撫を乞うたことだろう。

「でも、やーめた」

愛華がペニスから右手を離した。

「だって、射精しちゃったらエッチができなくなっちゃうもんね。わたしは今日、なにがあっても絶対に処女を捨てたいの。それが最優先事項だから……」

言い残すと、白いワンピースの裾(すそ)をひるがえし、バスルームから出ていった。

耕作は、その背中を呆然と見送るしかなかった。

一回射精したくらいで、セックスができなくなるわけがない。オナニーを三回続けてできるのが十九歳男子の精力なのに、彼女はなにもわかっていない……。

4

バスルームを出ると、脱衣所に愛華が立っていた。驚いて立ちどまった耕作を一瞥し、気まずげに眼を泳がせる。

「さっさと向こう行きなさいよ」

耕作の呼吸はまだ整っていなかった。ハアハアと息をはずませながら訊ねた。

「……なんで？」

「なんでって、今度はわたしがシャワーを浴びる番でしょ。すぐすませるから、ベッドで待ってなさい」

命令口調にカチンときた。ペニスをしごいて射精に導いてくれたなら奴隷にでもなんでもなるつもりだったが、この女は自分を寸止めの生殺しにした。性格が悪いことは知っているけれど、そういう意地悪は許せない。耕作の怒りに火をつけた。男をナメている。これからセックスしようという相手に、リスペクトが一ミリも感じられない。

「シャワー浴びるなら脱げばいいじゃないか」

耕作は言ってやった。

「これからセックスする仲なんだから、裸くらい見てもいいんだろ？」

「いやよ、こんな明るいところで」

愛華は鼻で笑った。なるほど、脱衣場の照明は蛍光灯で、ベッドのある部屋のように薄暗くできない。しかし、それを言うならバスルームの中だって明るく、耕作はそこでたっぷりと辱められたのだ。

「フェアじゃないな」

唇を歪めて言った。

「こっちの裸はジロジロ見て、それどころか悪戯までしたくせに、自分は脱げないなんてずるいじゃないか」

「こっちは女の子でしょ」

「そんなの関係ないね」

今度は耕作が鼻で笑う番だった。

「そこまで自分勝手なこと言うなら、いいよ、もう。僕はセックスなんかしないで帰るから。こんな不愉快な茶番に付き合ってるなら、家帰って勉強してたほうがマシだ……」

耕作が脱衣所から出ていこうとすると、

「待ちなさいよ」

愛華が腕をつかんできた。困惑に眉根を寄せ、耕作の顔色をうかがってくる。

「本気で言ってるの？」

「ああ」

「だっ、抱かせてあげるって言ってるのよ」

「キミはたしかに見てくれがいい。誰がどう見ても美人なんだろうけど、心はドブスだ。そんな女とセックスなんてしたくないね」

脱衣場から出ていこうとしても、愛華が強く腕をつかんで離さない。

「意地悪言わないでよ」

「どっちが意地悪なんだ？」

「もういじめたりしないから、おとなしくベッドで待ってて」

「僕は帰ると言ってるんだ、そっちが服を脱がないなら」

「ううう……」

愛華は悔しげに唇を嚙みしめた。

「脱げば帰らない？」

「ああ」

「セックスもしてくれる？」

「まあ、しようがない」

「じゃあ……脱ぐわよ」

愛華は母親譲りの美貌に諦観(ていかん)を滲(にじ)ませて耕作の腕から手を離し、首の後ろに両手をまわした。ワンピースのホックをはずすためだ。

「どっ、どうせあとから見られるんだから平気よ……どうせあとから……どうせあとから……」

自分に言い聞かせるように言いながら、白いワンピースを脱いでいく。背中のホックをはずし、ファスナーをさげ、上半身をはだけると、純白のブラジャーが耕作の眼を射った。

（ダッ、ダサい……）

耕作は息を吞んだ。白いワンピースに合わせたつもりかもしれないが、十九歳にもなって白い下着はダサすぎる。男で言えば白いブリーフみたいなもので、いまどきそんなものを穿いていたら笑われる。

もちろん、白い下着でも、レースやフリルや透ける素材を使ったデザイン性の高いものならセクシーかもしれない。しかし、愛華が着けているのは、いかにも母親と一緒にスーパーで買いました、みたいなものなのだ。ブラジャーを見たときには確信まではもてなかったが、ワンピースをすっかり脱いでパンティまで露わになると、臍まで隠れそうなダサいデザインに吹きだしそうになってしまった。

「みっ、見ないでよっ……」

愛華が声を震わせる。羞じらってもじもじしてみたところで、白い下着のダサさからは逃れられない。

いや、白い下着はダサくても、彼女は高嶺(たかね)の花だった。眺めていると、その印象は次第に変わってきた。下着のダサさが逆に、愛華の美しさをかえって際立たせ、強烈なエロスを放ちはじめた。

もしも、愛華が隙のない高級ランジェリーを着けていたら、格好がよすぎてマネキンのような印象を受けたかもしれない。ダサい下着だからこそ、エロスがどこまでも生々しい。勝負下着をもっていないということが、彼女が処女であるなによりの証拠だった。処女にしか放射し得ない初々(ういうい)しいエロスに、十九歳の童貞は鼻血が出そうなほど興奮した。

「うおおおおっ……」

気がつけば耕作は、雄叫(おたけ)びをあげて愛華を抱きしめていた。

「やっ、やだっ！　なにするのっ！」

愛華は悲鳴をあげて身をよじったが、耕作は強引に唇を重ねた。男の本能的な衝動が、体を突き動かしていた。歯と歯が音をたててぶつかっても、怯(ひる)まずに愛華の唇をペロペロ舐(な)めまわしていく。

愛華は恋愛経験がゼロらしいから、これがファーストキスということになる。もちろん、耕作にしてもそうだった。女の唇は、なんて柔らかくて舐め心地がいいのだろうと思った。

「んんんっ……やめてっ……やめてよっ……」

「処女を奪ってほしいんだろ？」

「そうだけど、先にシャワーを……」

「女の体は綺麗だから、シャワーなんて浴びる必要ないね」

耕作の両手は愛華の背中にまわっていた。ブラジャーのホックをはずすためだが、どうしてもはずすことができなかった。欲望だけはつんのめっていくばかりなので、なかなかはずれないホックに苛立ち、カップを力まかせにめくりさげた。

「いやあああーっ！」

ふたつの胸のふくらみを露わにされ、愛華が悲鳴をあげる。一方の耕作はまばたきも呼吸もできなくなっていた。あんぐりと開いた口さえ閉じることができず、涎(よだれ)さえ垂らしてしまいそうだった。

「すっ、すげえ……巨乳だ……」

興奮のあまり、思ったことがそのまま口から出てしまう。実際、驚くほど大きな肉房だった。めくりさげたブラジャーのカップが下から支えあげているから、よけいに大きく見えるのかもしれないが……。

「あううーっ！」

左右のふくらみを両手でむんずとつかんだが、男の手でもつかみきれないほどの量感だった。生まれて初めて揉みしだく女の乳房は、想像以上に柔らかかった。軟乳というやつだろうか？　指先が簡単に沈みこむし、変幻自在に形も変わる。

「やっ、やめてっ！　揉まないでっ！　揉まないでよーっ！」

抵抗の言葉を口にしつつも、ふくらみを揉みくちゃにするほどに、愛華の顔は紅潮していった。眼の下を赤く染めた表情が、異様にいやらしかった。義母と比べると色気がないと思っていた彼女も、そういう顔をすると女っぽかった。興奮しきった耕作は、左右の乳首を指でつまんだ。

「ああああーっ！」

愛華がいまにも泣きだしそうな顔になる。しかし、これも母親譲りなのか、それともセックスの経験がないせいか、清らかなピンク色をした乳首は、刺激するほどに硬くなり、ツンツンに尖りきっていく。感じているようにしか見えない。

「むうっ！　むううっ！」

耕作は鼻息を荒げて、左右の乳首を代わるがわる口に含んだ。グミのような感触の突起を、口内で舐めまわしては吸いたてた。脳味噌が沸騰しそうなほど興奮した。いつかこんな日が来ることを夢見ていたが、宅浪生の身分で夢が叶うとは思わなかった。しかも、愛華のような美人のおっぱいを好き放題に舐めまわせるなんて……。

「こっ、耕作くんっ！　わたし怒るよっ！　やめてくれないなら、本当に怒るからねっ！」

言葉遣いは強くても、愛華の顔は真っ赤に染まり、いまにも泣きだしそうな顔をしていた。怒ったところで全然怖くなかった。本当にやめてほしいなら、「わたし泣くよ、泣いちゃうよ」というべきだった。あるいは本当に涙を流せば、いくら興奮していてもそれ以上はできなかっただろう。

しかし、愛華の強気な言葉遣いが、かえって耕作の本能に火をつけた。先にペニスをしごかれ、寸止め生殺しという辱めを受けたのはこちらだった。意趣返しをしているだけなのだから、怒りたかったら勝手に怒ればいい。

耕作が乳房への愛撫をいったんやめると、愛華はホッとした顔をした。だが、安心に狭い脱衣所にするのはまだ早い。

「ああああーっ！」

ホッとした次の瞬間、彼女はいままでいちばん大きな悲鳴をあげた。狭い脱衣所にわんわん響くくらいの大絶叫だった。

耕作が、彼女のパンティをずりさげたからである。拒むことのできない早業(はやわざ)で太腿までさげ、白いコットンに隠されていた女の秘部を露わにした。

（うっ、うわあっ……）

耕作は眼を真ん丸に見開いてしまった。愛華の股間は、驚くほど黒々とした陰毛に覆われていた。逆三角形の面積も広ければ、毛足も長い。獣じみているとしか形容し得ない生えっぷりが、母親譲りの美貌と激しいハレーションを起こす。

「見ないでっ！　見ないでっ！」

涙声で訴えながら股間を隠そうとする愛華の両手を、耕作はつかまえた。隠せないようにして、剝きだしの陰毛をまじまじと眺めた。

こんなにも黒々と野性的な草むらは、初めて見た気がした。いまどきのAV女優はアンダーヘアの処理に余念がなく、誰もが小さめに整えているし、なんならパイパンも少なくない。

それが世間の常識なはずなのに、生えっぱなしのボーボー状態にしているのは、処女であるせいなのだろうか？　はっきり言って、こんなに生やしていてはハイレグ気味の水着なんて着られない。はみ出してしまうに決まっている。それもかなり無残というか、恥ずかしすぎる状態になってしまうと思うのだが……。

5

もはや半泣き状態である愛華の手を引っぱって、耕作は部屋に戻った。白いパンティを太腿までずりさげた状態だから、彼女はちょこちょこ歩きだった。ベッドにあがる前に、完全に脱がした。ブラジャーは着けたままだったが、はずれないホックと格闘する気にはなれなかったし、カップをめくって巨乳を露出させているので、そのままにしておく。

「なんなの、もうっ！」

愛華が涙眼で睨んでくる。

「わたしまだシャワー浴びてないんだよ」

「大丈夫だって。僕は気にしないから」

「わたしが気にするの！　匂いが残ってたりしたら恥ずかしいの！」

愛華の言い分もわからなくはなかったが、耕作はきっぱりと無視した。むしろ、匂いを嗅がれるのが恥ずかしいのか、と淫らなセンサーが反応した。

恥ずかしいなら、嗅ぎまわしてやろうと思った。こちらも先ほど、たっぷりと恥をかかされた。いや、大切な男の器官を幼稚な好奇心によって辱められた。

「いっ、いやあああああーっ！」

愛華が悲鳴をあげたのは、耕作が彼女の体を丸めたからだ。両脚を開いた状態で逆さまに押さえこむ、いわゆる「マンぐり返し」の体勢である。

（すっ、すげえっ……）

AVでよく見る体勢のひとつだが、耕作はセックスを経験するときがやってきたら、ぜひともこれをやってみたかった。女の顔と股間を、同時に拝めるところがいい。普通に股間を舐めるクンニリングでは、女の顔が見えずらいし、舐めながら見るのはほとんど不可能だろう。

もちろん、相手が恋い焦がれた女であったなら、こんなことはできなかったはずだ。男にとって眼福の極みであるマンぐり返しは、女にとっては恥辱の極みであるだろうからだ。

しかし、耕作にとって愛華は、恋い焦がれた女でもなんでもなく、むしろ天敵なのである。半ば強引にロスト・ヴァージンに付き合わされるのだから、これくらいのことをしても許されるはずだ。

「ああっ、いやっ！　いやよっ、こんな格好っ！」

愛華は紅潮した顔をくしゃくしゃに歪めて、いまにも涙さえ流しそうだ。しかし、そもそも処女喪失を強く望んでいるのは彼女のほうなのであり、この程度でいやいやをされても困るのである。

（これは恥ずかしいよ……僕が女だったら号泣しちゃうよ……）

愛華の顔と股間を交互に眺めながら、耕作は内心でほくそ笑んだ。あまりに身も蓋もない格好なので、笑ってしまいそうになる。

眼と鼻の先に、愛華がもっとも隠したい部分があった。女にとって見られていちばん恥ずかしいところであり、ＡＶでさえモザイクで隠されている。

とはいえ、愛華の草むらは濃すぎるので、男を迎え入れるための器官は、ふさふさした黒い陰毛の中に埋もれていた。いくら眼を凝らしても見ることができない。その代わり、彼女の恐れていた匂いがむんむんと漂ってくる。純白のパンティの中で蒸れていたのか、あるいは興奮しているのか、いやらしすぎる発情のフェロモンが漂ってきて、くんくんと鼻を鳴らさずにいられない。

「嗅がないで！　匂いを嗅がないでっ！」

愛華が泣き叫ぶような声で言ったが、やめてと言われるとよけいにしたくなる天邪鬼（あまのじゃく）が、男の本能には備わっているらしい。

耕作は鼻先が陰毛に触れるくらいに顔を近づけ、なおもしつこく鼻を鳴らした。嗅いだことのない匂いだったが、発酵しすぎたヨーグルトというか、山羊（やぎ）の乳でつくったナチュラルチーズというか、そういうものにちょっと似ていた。眼にしみるような匂いとでも言えばいいか、かなり強烈だ。

あとで知ったことだが、処女は陰部に触れられることに慣れていないので、入浴のときに非処女ほど丁寧に洗わないらしい。それゆえ、恥垢（ちこう）が溜まりやすく、匂いも強いのだそうだ。

だが、そんなことを知らなかった耕作は、

「むううっ！　むううっ！」

夢中になって嗅ぎまわした。なにしろこれが、女性器とのファーストコンタクト、剛毛の密林に隠されて姿形が見えないのなら、まずは匂いを満喫させてもらわなければ気がすまない。

「ねえ、やめて耕作くんっ！　お願いだからもう許してっ！　許してくださいっ！」

敬語まで使って哀願してきたところで、許すわけがなかった。愛華は身も世もない羞恥プレイに悶絶しきっているが、処女喪失は彼女の望むところであり、裸になってまぐわうセックスは基本的に恥ずかしいものなのだ。恥ずかしい思いをしないで処女膜だけを喪失するとか、そんな都合のいい話があるわけない。

耕作は口を開き、舌を差しだした。匂いはもう充分に嗅いだので、次は女性器を味わってみたい。

「ああああーっ！」

舌先がくにゃくにゃしたものに触れると、愛華は眼を見開いて悲鳴をあげた。ホラー映画でモンスターに出くわしたヒロインのようだったが、彼女はべつに怖い思いをしているわけではない。くなくなと動く舌先で、感じる部分を刺激されているだけだ。処女とはいえここは性感帯なのだから、舐められれば気持ちがいいはずなのだ。

「むううっ！　むううっ！」

耕作は荒ぶる鼻息で黒い剛毛を揺らしながら、夢中になって舌を動かした。合法のAVではモザイクがかかっているその部分も、非合法の裏画像や裏動画でなら無修正で見ることができる。ネットでいくらでも拾うことができるから、見たことがない男子のほうが少ないはずだ。

しかし、いくら見ても姿形がよくわからないのが女性器というもので、舐めてもまだわからなかった。興奮しているせいで、耕作は大量の唾液を分泌していた。それが黒々とした陰毛に垂れて、ほんの少しだけ視界が拓(ひら)けてきている。卑猥な色としか言い様がないアーモンドピンクのなにかが見えているけれど、それがなんなのか理解できない。女の股間には割れ目があり、そこにペニスを挿入するはずだが、割れ目に該当する部分を見つけることができない。

その一方で、愛華の反応に変化があった。もはや諦めの境地なのか、マングり返しやクンニリングスを拒む言葉を口にすることがなくなり、ただ甲高い声をあげて身悶えている。恥ずかしそうではあるものの、その声音がじわじわといやらしくなってきている気がする。真っ赤に染まって歪んだ顔からも、羞恥以外の感情が読みとれそうだった。

（こっ、これは感じてるんじゃないか……絶対そうだよ……）

耕作は胸底でつぶやいた。まだ半信半疑ではあるが、そう思えてならない。童貞でも一日に二回、多いときには三回も四回もオナニーしているのだから、処女だってオナニーによって性感が開発されているかもしれない。肉穴は開発されていなくても、性感のスイッチボタンと言われるクリトリスは肉穴の外にあるし、穴のまわりだって少しは感じるに違いない。そこを男の舌でしつこく舐めまわされているのだから、感じないほうがむしろおかしいのでは……。

「ねえ……」

耕作はおずおずと声をかけた。

「気持ちいいかい？」

「きっ、気持ちよくなんかっ……」

愛華は眼を吊りあげて睨んできた。

「気持ちよくなんかあるわけないでしょっ！　恥ずかしいのよっ！　わたしはいま、生まれてからいちばん恥ずかしい思いをしているのっ！　ただひたすらに恥ずかしいのっ！」

これは絶対感じている、と耕作は確信した。愛華の反応が、どう見ても図星を突かれたときのそれだったからである。

「恥ずかしいのはわかるけど、気持ちよくもあるでしょ？」

アーモンドピンクの部分をペロペロと舐めまわすと、

「あうううう一っ！」

愛華は声をあげて宙に浮いた両脚をバタバタさせた。いままでとは違う、激しい反応だった。

「そっ、そこはダメッ！　そこはダメえええーっ！」

耕作はよくわからずに舐めているが、偶然にも性感のスイッチボタンを押してしまったようだった。となると、ダメだという部分を集中的に舐めるしかない。舌の付け根が痺れてきたが、かまわず舐めた。舐めて舐めて舐めまくり、舌先を高速で動かしてやる。

「はっ、はぁうううううーっ！」

愛華が甲高い悲鳴をあげる。いや、もはや悲鳴というより、ＡＶでよく耳にするあえぎ声にしか聞こえない。

「ダッ、ダメだからっ……そこはダメだからっ……ダメダメダメダメッ……そこをされると、おかしくなっちゃうからああああーっ！」

ダメと言いつつも、愛華の反応はいやらしくなっていくばかりだった。ぎゅっと眼を閉じ、眉根を寄せた表情から、普段は感じることのない女の色香が匂ってくる。彼女はもはや完全に、いやらしい気分になっている。

つまり……。

愛華はイキそうなのだ。生まれて初めて経験するクンニリングスで、絶頂に達しようとしているのだ。

女の絶頂は、男で言えば射精である。これが先ほどの意趣返しなら、すみやかに愛撫を中断し、寸止め生殺しの目に遭わせてやるという選択肢もあった。だが耕作は、舌を動かすのをやめなかった。にわかにヌルヌルしはじめたくにゃくにゃした柔肉を、しつこいまでに刺激しつづけた。

見てみたかったからだ。女がイクところをこの眼で見たくてしようがなかった。ＡＶではお馴染みの絶頂という現象に、自分の愛撫で導いてみたい。それもまた、男の本能のひとつかもしれない。

「あっ、ダメッ！　ダメだからっ……本当にダメだからあああぁーっ！」

愛華はついに、大粒の涙をボロボロとこぼしはじめた。しかし、悲しくて泣いているようにも、つらくて泣いているようにも見えなかった。童貞の耕作にも、気持ちがよすぎて泣いているようにしか見えない。

「……イッ、イクッ！」

淫らなまでに上ずった声で言った。涙に潤みきった眼を見開き、すがりつくように耕作を見た。

「イッ、イッちゃいそうっ……わたし、イッちゃうっ……イクイクイクッ……はぁああああぁあああぁーっ！　はあああああぁーっ！」

部屋中に響く声で絶叫するや、ぎゅっと眼をつぶった。紅潮した顔をくしゃくしゃに歪め、眼はつぶっても口は大きく開いていた。

「イッ、イクッ！　イクウウウーッ！　イクウウウウウウウーッ！」

マンぐり返しで押さえこんでいる体が、ビクンッ、ビクンッ、と痙攣した。耕作はもう少しで跳ね飛ばされてしまうところだった。すごい力だったが、これは愛華の意思による動きではない、とはっきりわかった。

体が勝手に痙攣しているのだ。これが女の絶頂なのだ。

「あああああぁーっ！　はぁああああああぁーっ！」

涙を流しながらちぎれんばかりに首を振っている愛華は、耕作の知っている彼女ではなかった。

耕作は唖然としつつ、視線を釘づけにされていた。

髪を振り乱し、母親譲りの美貌を真っ赤に染めている愛華は、美しくなかった。耕作の瞳に映っているのは、必死の形相というやつだった。飢餓状態だった人がようやくありついたごはんを必死の形相でむさぼってる姿を見て、美しいと思う者はいないだろう。

愛華は必死だった。涙を流し、いまにも涎さえ垂らしそうになりながら、必死になって快楽をむさぼっていた。

美しくはなかったが、この世のものとは思えないほどいやらしかった。この衝撃的な光景をきっと一生忘れることはないだろう――耕作は愛華をマングり返しで押さえこみながら、正気を失いそうなくらい興奮していた。

第三章　本物の快楽

1

長かった夏が終わり、しつこく続いた残暑も過ぎ去っていき、街角を吹き抜けていく風にもようやく秋の気配が漂ってきた。

受験生にとっては正念場の秋である。耕作は一日中部屋に引きこもり、暗記作業に没頭していた。ペーパーテストなんて、所詮は暗記が九割だ。英語でも古文・漢文でも日本史・世界史でも、とにかく覚えてしまえばなんとかなると、参考書を頭に叩きつけるようにして片っ端から丸暗記していく。

ある意味、機械的な作業だった。正直に言えば、機械的に暗記を進めること以外、いまの耕作にはできなかったのだ。よけいなことを考えはじめると、感情が千々に乱れてなにも手につかなくなってしまう。

「おはよう、耕作くん、よく眠れた?」

一階のリビングにおりていくと、義母が笑顔で朝の挨拶をしてくれた。テーブルには、いつも通りの最高の朝食が並んでいた。このところ、朝から揚げ物が出てくることが多かった。トンカツ、チキンカツ、チーズハムカツ——受験に「勝つ」という験担ぎであることは、訊ねなくてもわかった。

「ちょっと」

先に朝食を食べはじめていた愛華が、すっぴん隠しの伊達メガネ越しにジロリと睨んできた。

「プーアル茶」

「はっ?」

「あんたのせいで朝からこんな脂っこいもの食べさせられてるんだから、ダイエット効果抜群のプーアル茶取って。冷蔵庫に入ってるから」

「……はいはい」

耕作は溜息まじりに冷蔵庫を開け、プーアル茶をグラスに入れて持ってきた。愛華の前に置くと、礼も言わずに飲みはじめる。いつものことだ。

「あっ、そうそう……」

義母が耕作と愛華に向かって歌うように言った。

「わたし今日、片づけ終わったらちょっと出てくるから、お留守番お願いね。夕食までには帰ってくるから……」

リビングの空気が一瞬、おかしな感じになった。いや、おかしな感じになったのは耕作と愛華だけで、義母は夢見るような眼つきで言った。

「実はね、お友達に誘われて帝劇でマチネなの。チケット余っちゃったから、どうしてもって言われちゃって。ミュージカル観劇なんて柄でもないんだけど……」

「よく言うわよ」

愛華がそっぽを向いたまま鼻で笑った。

「ママ、高校のときミュージカル研究会だったんでしょ？　全国コンクールでいいところまで行ったってよく自慢してたじゃない？」

「ちょっと！」

義母が恥ずかしそうに頬をふくらませる。

「耕作くんの前で言うことないでしょ！」

愛華はニヤニヤ笑っている。

「遠慮しないで、お芝居くらい観にいけばいいじゃない。どうせお昼は勝手に食べてるんだから、誰も文句なんて言わないし」

「そう？」

義母がうかがうような眼を耕作に向けてきた。

「ぜっ、全然大丈夫ですよ。楽しんできてください」

耕作は笑顔で答えた。いまにも頬がひきつりそうな、無理やりなつくり笑顔だったが……。


（薫子さん、ミュージカル研究会だったんだ……）

自室に戻って机に向かっても、耕作はまるで勉強に集中できなかった。

脳裏に浮かんでくるのは、女子高生時代の義母——アラフォーになってもあれだけ美しく、華やかな義母のことだ。さぞや舞台映えしたに違いなく、七色の照明に照らされて歌って踊る姿に、客席の男子たちは眼を釘づけにされていたに違いない。できることなら、自分も見てみたかった……。

コンコン、と扉を叩く音がした。

こちらの返事を待つことなく扉は開き、愛華が入ってくる。伊達メガネはかけていなかったが、すっぴんでも彼女は充分に美しい。部屋着であるくすんだピンクのスウェットでも、挑発的に迫りだしている巨乳は隠しきれない。

「行ったわよ」

眼を泳がせながら言った。義母が出かけた、という意味である。玄関から伝わってくる気配で、耕作もそれは察していた。

「ラッキーよね、夕方まで帰ってこないなんて……」

愛華が意味ありげに眼を輝かせたので、

「いや、その……僕はいちおう、勉強しないと……」

耕作は口ごもった。

「なによ」

愛華が唇を尖らせる。

「どうしてそういうこと言うわけ？」

手をつかまれ、立ちあがらされた。愛華が身を寄せてきたので、耕作は抱擁に応えた。自然とそうなってしまうのが、不思議と言えば不思議だった。ふたりは恋人同士ではない。血が繋がっていなくても、表向きにはいちおうきょうだいだなのだ。

しかし、セックスはしている。

専業主婦とはいえ、義母はよく外出する。今日のように友達に会いにいくこともあれば、食材の買物にだって行く。

その眼を盗んでもう十回以上……いや、二十回近くしているかもしれない。誘ってくるのはいつだって愛華だが、耕作も嫌々付き合っているわけではない。

「……勃ってきた」

愛華が上眼遣いでにんまりと笑う。立った状態で正面から抱きあっているから、勃起をすればすぐに気づかれる。色気のないスウェット姿でも、抱きしめれば女らしい丸みが伝わってくるし、いい匂いもする。

「……ごめん」

耕作が気まずげに眼をそむけると、

「どうして謝るの？」

愛華はすっぴんの顔を近づけて、耕作の眼をのぞきこんできた。

「わたしに興奮して大きくなったんでしょ？　嬉しいよ、女として……」

ぎゅっと強くしがみついては、恥ずかしいほどふくらんでいる男の股間を刺激してくる。そうしつつ、背中や腰を撫でてくるのは甘えの仕草だ。義母の前ではいままで通り態度が悪くても、ふたりきりになると愛華は途端にデレデレしはじめる。ツンデレというやつだろうか？

「キスして……」

顎をあげて唇を差しだしてきたので、

「そっ、そんなにあわてなくても……」

耕作は苦笑した。

「薫子さん、夕方まで留守なんだろう？　まだお昼にもなってない……」

時計の針は、午前十時四十分を差していた。義母の帰宅するまで時間はたっぷりある。ありすぎるくらいだ。

「ふふっ……」

愛華はこちらの眼を見て、意味ありげに笑った。

「つまり今日は、たくさんできるね……」

もじもじと動いて体をこすりつけてくる。大きくなった股間が圧迫されたので耕作は腰を引いたが、抱擁を強めて逃がしてくれない。

「舐めてあげましょうか？」

あざとすぎるウィスパーボイスでささやいてきた。

「えっ？　なに？」

耕作が首をかしげると、

「大きくなってるところ、舐めてあげたっていいんだよ」

愛華はさらにもじもじして、耕作の股間を刺激してきた。

(フェ、フェラチオのことか……)

耕作はごくりと生唾を呑みこんだ。愛華は口を使ってペニスを愛撫することに抵抗があるはずだった。ついこの前までヴァージンだったのだ。握ったり、しごいたりすることはできても、舐めたり咥えたりに抵抗感があってもおかしくない。はっきりそう言われたわけではないけれど、態度を見ていればわかる。

にもかかわらず、今日になって突然オーラルセックスを解禁するとは、いったいどういう心境の変化だろうか？　半日以上も義母が不在であることが、よほど嬉しいのだろうか？

いや……。

処女を失ったことで、彼女は変わった。いままでとは別人のようになったと言っても過言ではない。

いちばん劇的に変わったのは、セックスに対するスタンスだった。セックスになんて興味がなく、実際十九歳まで処女だったのに、初体験を済ませるや、セックスに対する好奇心がやたらと旺盛になった。

恋愛に興味がないのは以前のままで、ベッドに誘ってくるときも「勘違いしないでね、べつにあんたのことが好きなわけじゃないからそのつもりで」と念押ししてくるのだが、男女の営みとそれにまつわる快感については、寝ても覚めても興味が尽きないようだった。

（いまから思えば……）

腕の中でもじもじと身悶えている愛華をいなしながら、耕作は苦笑した。

（処女だったころのほうが、まだ可愛げがあった気もするよな……）

そう思わないこともなかったが、あのときのことを思いだすと、心中複雑で苦笑ばかりもしていられない。

2

処女喪失をしたときの愛華は必死だった。

とにかくセックスが経験したくてしょうがないみたいだったし、いざそれが始まってしまうと、次から次に訪れる経験したことがない出来事に、眼を白黒させて取り乱していた。

勝手にバスルームに入ってきて、勃起しきったペニスをしごいてきたときまではまだ余裕もあったし、性格の悪い彼女らしい意地悪もされたけれど、耕作の中に眠っていた男の本能が眼を覚まし、マンぐり返しに押さえこんでイカせてからは、完全にこちらのペースだった。

「ひっ、ひどいよ、耕作くんっ！　ひどいじゃないのっ！」

マンぐり返しの体勢から解放すると、愛華は涙眼で抗議してきた。やめてという哀願を耕作が無視しつづけたからだが、股間を舐められてイッてしまった女の抗議なんて怖くもなんともなかった。十九歳の童貞にも、照れているだけだろうとわかった。

なにしろ彼女は、必死の形相で快感をむさぼっていたのだ。あんなアヘ顔を見せつけておいて、ひどいもへったくれもありはしない。

「思いやりの精神じゃないか」

耕作はこみあげてくる笑いをこらえながら愛華に言った。

「なにが思いやりよ！　人の恥ずかしいところペロペロ舐めて！」

「だって、そんだけ濡れていたら、あんまり痛くなさそうだし……」

上体を起こしてベッドに座っていた愛華は、ハッとして股間を押さえた。両手で隠したところで、もう遅かった。耕作は、彼女の黒々とした草むらの下半分が発情の蜜でびしょ濡れなのを知っていた。

「女の初体験って痛いんでしょ？」

耕作は再び愛華に身を寄せていき、ベッドに押し倒した。顔と顔とが自然と接近し、至近距離で視線をぶつけあった。イッたばかりの愛華の顔はまだ生々しいピンク色に染まっていて、女らしさが匂ってくる。

「いっ、入れていい？」

それも男の本能なのか、耕作は愛華を押し倒した瞬間、彼女の両脚の間に腰をすべりこませていた。

「いっ、いきなりなの？」

愛華はピンク色に染まった顔をひきつらせた。クンニで一回イッたじゃないか、と耕作は思ったが黙っていた。これ以上彼女のプライドを傷つけると取り返しのつかないことになるかもしれない。

「キッ、キスとかしてよ」

愛華は恥ずかしそうに眼をそむけながら言った。

「いいよ」

耕作がうなずくと、愛華はそっと眼を閉じた。先ほど、脱衣所で強引に唇を奪ったときは、お互い立ったままだった。勢い余って歯と歯をぶつけてしまったりしたが、いま愛華はあお向けの状態である。狙いを定め、ゆっくりとキスをすることができる。鼻息を荒げないように注意しながら、唇と唇をそっと重ねる。

「うんんっ……」

愛華が鼻奥で小さくうめいた。耕作は彼女の唇を舐めまわした。他になにをすればいいのか思いつかなかったからだ。愛華が嫌がって顔をそむけたので、キスが中断してしまう。

「くっ、口開いてよ」

「ええっ？　なんで？」

「なんでって、舌とか舐めあうものなんじゃないの？」

「やだ、そんなの。気持ち悪い」

愛華が小憎たらしく鼻に皺を寄せたので、耕作は頭にきた。彼女が望んで、彼女の求めに応じてロスト・ヴァージンに付き合っているのに、「気持ち悪い」とは何事だろうか？

その言葉は、女が男に言ってはならない最悪のワードのひとつだった。それも、彼女のような美人に言われた日には男としての自信をすっかり喪失し、しばらくの間、立ち直れない――普通の状況であれば、だ。

しかしいまは、お互い裸で体を重ねている。言ってはならない言葉を口にした不躾な女を、懲らしめてやることができる。

「あううっ！」

左右の乳首をつまみあげてやると、愛華はのけぞって声をあげた。耕作がブラジャーのホックをはずすことができなかったから、彼女の類い稀な巨乳はめくられたカップに下支えされるようにして、より前方に迫りだしている。

「いやらしいおっぱいしやがって……なにが気持ち悪いだ……こんなでかいおっぱいの女に、そんなこと言われたくないね」

「やっ、やめてっ！　つままないでっ！　つままないでっ！」

「女の乳首なんて、男につままれるためにあるんだろっ！　あるいはこうされるために……」

「はぁううう——っ！」

耕作が片方の乳首に吸いつくと、愛華は甲高い悲鳴をあげた。耕作はかまわず、左右の乳首を交互に口に含み、量感あふれる真っ白い乳肉にぐいぐいと指を食いこませていく。

「ああっ、やめてっ！　やめてぇええ——っ！」

愛華が両脚をジタバタさせる。だがその間には、耕作の腰が挟まっている。愛華が暴れると、股間と股間がこすれる瞬間がある。勃起しきったペニスが、濡れた花園にヌルリとすべる。

「むむっ……」

「あぁっ……」

お互いに動きをとめ、見つめあった。どちらも息さえしていなかった。このままペニスを入れることができるのではないか——そんな直感が、耕作の脳裏を走った。おそらく、愛華も同じことを考えていたはずだ。

「……ゴッ、ゴムしてよ」

可哀相（かわいそう）なくらい上ずった声で愛華が言い、

「ああ……」

耕作はうなずいて上体を起こした。枕元にコンドームが置かれていることは、すでに確認してあった。着け方はよくわからなかったが、袋を破りなんとかペニスに被せることに成功する。

その間、愛華はブラジャーをはずしていた。なにしろ驚くような巨乳なので、ずりさげたカップが乳肉に食いこんで痛かったのかもしれない。

とにかく、あらためて上下で重なりあった。正常位である。AVで観る限り、耕作は圧倒的にバックが好きだった。四つん這いになった女を男優が後ろから突きあげているシーンにもっとも興奮したが、童貞と処女にはハードルが高すぎる。

「こっ、ここかな……」

コンドームを被せたペニスを握りしめた耕作は、切っ先で濡れた花園をまさぐった。とにかく陰毛が濃すぎるので、入口がどこにあるのかよくわからない。

「そこだと……思うけど……」

答える愛華も自信がなさそうで、先行きに暗雲が立ちこめてくる。

愛華が眼を閉じた。

(とにかく……やってみるしか……ないなあ……)

耕作は覚悟を決め、大きく息を吸いこんだ。どうしていいかわからないまま愛華に上体を被せていくと、体ごとペニスを前に押しだした。途端にはじかれた。入口を間違っているのか、それとも処女膜とはかくも堅固なものなのか、入れられる気がまったくしない。

「ううっ！　むううっ！」

何度やってもダメだった。ＡＶでは簡単にできている挿入がどうしてもできない。やがて、耕作の顔は脂汗にまみれてきた。愛華もそうだった。薄眼を開けた彼女と眼が合った。汗まみれになった耕作の顔は、滑稽なほどひきつっていたことだろう。

（こりゃあダメかもしれないな……）

暗色の諦観が心臓をつかみかけたとき、

「がっ、がんばって……」

蚊の鳴くような声で愛華が言った。

「諦めないで、わたしを……わたしを大人の女にして……お願い……」

健気（けなげ）な台詞も、祈るような表情も、性格の悪い愛華に似合わないものだった。彼女は必死だった。どれだけ格好が悪くても、結果が欲しいのだ。今日この場で、処女を捨てたいのだ。

ならば、その思いに応えなくては男がすたると耕作は思った。彼女のことが好きか嫌いかと訊ねられたら嫌い寄りではあるけれど、乗りかかった船である。愛華を大人の女にしてやりたい。そして自分も大人の男になりたい……。

「ひっ！」

愛華が悲鳴をあげた。いままでとはあきらかに違う声音だった。耕作は一瞬動くのをためらったが、

「いっ、痛い痛い痛いーっ！」

絹を引き裂くような叫び声をあげつつも、愛華は強い力でしがみついてきた。言葉とは裏腹に、このまま一気に処女を奪ってほしいという願望が伝わってきた。以心伝心、耕作は険しい表情で前に進んだ。固く閉じた処女の関門をぐりぐりとこじ開け、なんとか先端をねじ込むことに成功した。そのまま腰を前に送りだすと、急に抵抗が弱まった。なにかを突き抜けた実感があった。

(奪った……のか？)

固く閉じた部分を通り抜けると、あとはずるずると奥まで入っていけた。愛華は泣き叫んでいる。大粒の涙さえ流して痛がっているが、しがみついてくるのはやめない。必死になって、大人の階段をのぼろうとしている。

(こっ、これが……セックス？)

ペニスを包みこんでくる感触を、耕作は噛みしめた。思ったよりもゆるかった。オナニーをするとき、自分で握り締める力のほうがずっと強い。

だが、女とひとつになっている実感がたしかにある。それもとびきり綺麗な高嶺の

花が、自分のペニスを入れられて美貌を真っ赤に染めあげ、涙さえ流している。痛いに違いなかった。

あれほど堅固な関門を力ずくで突破したのだから、痛くないはずがない。

それでも耕作は、愛華を思いやることができなかった。ぎくしゃくとした動きで、体ごとピストン運動を送りこんだ。本能に突き動かされていた。愛華は泣き叫びつづけていたが、それでいいという確信があった。いまはやさしさを発揮するより、本能のままに突っ走るほうが正しいはずだと……。

「ああああーっ！　ああああああーっ！」

涙眼を見開いてこちらを見てくる愛華に、ずぼずぼっ、ずぼずぼっ、とペニスを突き刺す。ＡＶ男優とは比べものにならない稚拙（ちせつ）な腰使いだったが、ヌルヌルした肉穴の中でペニスがこすれる。最初はゆるいと思った感触が、次第に馴染んでくる。自分の右手とはまるで違う、いやらしすぎる感触がする。自分はいましかに、女の中に入っている。女を抱いている……。

「ううう……」

急激にこみあげてきた射精欲を、抑える術（すべ）はなかった。腰の裏がもやもやしてきたと思った次の瞬間、限界を超えて硬くなったペニスの芯に甘い疼きが走った。耕作は動きつづけている。ずぼずぼっ、ずぼずぼっ、と勃起しきったペニスで肉穴を穿つ。

ヌメヌメと吸いついてくる濡れた肉ひだが、眼もくらむような快感を呼び起こす。

「あああーっ！」

耕作は女のような声をあげた。

「あああーっ！　あああーっ！　でっ、出るっ！　もう出るっ！　ああああああーっ！　ああああああーっ！」

制御できない動きの中で、爆発が起こった。身をよじりながらドクンッと男の精を放った。ペニスの芯を灼熱(しゃくねつ)が駆け抜けていき、ドクンッ、ドクンッ、ドクンッ、と射精がたたみかけられる。

「あああーっ！　ああああああーっ！」

耕作は声をあげながら男の精を吐きだした。ドクンッと衝撃が訪れるたびに痺れるような快感がペニスの芯から体の芯まで鋭く響き、やがて脳天までもビリビリと震わせた。ぎゅっと眼を閉じると、熱い涙が瞼の裏を濡らした。気持ちがよすぎて涙を流したことなんて、十九年間生きてきて初めてのことだった。

3

耕作も取り乱してしまったが、愛華はそれ以上だった。

射精をして涙を流す恥ずかしい場面を、性格の悪い義姉に見られたくなかったけれど、見られる心配はなかった。彼女は彼女で、少女のように泣きじゃくっていた。セックスが終わり、性器と性器の結合をといても、十分くらいは泣いていたのではないだろうか？

射精を遂げたことで理性を取り戻した耕作は、胎児のように丸まっている愛華の背中をさすりつづけた。罪悪感が胸いっぱいにひろがっていくのを感じた。男である自分は快楽によって熱い涙を流したけれど、愛華は痛みによって泣きじゃくっていたのだろうと思ったからである。

実際、その見立ては間違っていなかったようで、ようやく泣きやんでもしばらく放心状態だったし、ラブホテルから新宿駅に歩いていく途中も、電車に乗ってからも、うつむきっぱなしでひと言も口をきかなかった。

（セックス、嫌いになっただろうな……）

彼女が望んだこととはいえ、自分のような男が最初の相手でよかったのだろうかと後悔がこみあげてきた。もっと経験豊かな男が相手であれば、それほど痛みを伴わず、スムーズな初体験ができたかもしれない。

しかし……。

数日後、義母が買物に行くのを見計らって、愛華は耕作の部屋にやってきた。トントンと扉を叩くや、こちらの返事も待たずに勝手に入ってきて、勉強机に向かっていた耕作を仁王立ちで睨みつけてきた。

耕作は震えあがった。この数日間、ふたりの間には異様なまでに気まずい空気が流れていた。朝食の席で一緒になっても、愛華はいつものように顎で使ってくることなく、耕作のことを完全に無視していた。心配した義母が「なにかあったの？」と耳打ちしてくるほどだったのである。

「……ありがとう」

愛華は耕作を睨みつけながら言った。抑揚のない棒読み口調だったし、仁王立ちで眼を吊りあげていたので一瞬意味がわからなかったが、それはたしかに感謝の言葉だった。

「あんたのおかげで、わたしは別人に生まれ変わった……」

たった一回セックスしたくらいで、自分に自信がもてたり、大人の男に物怖じしなくなるとは思えなかったが、

「そっ、そう……よかったね……」

耕作はひきつった笑みを浮かべてうなずくしかなかった。

「責任とってよね」

愛華はニコリともせずに続けた。

「処女のわたしを抱いたんだから、抱いた責任とってほしい」

「えっ……」

耕作は背中に冷たい汗が流れていくのを感じた。心臓もにわかに早鐘を打ちはじめる。いまのは結婚してくれという意味だろうか？　肉体関係を盾に女が男に迫る責任といえば、それ以外に考えられない。

（はっ、話が違うじゃないかっ！）

耕作は胸底で絶叫した。彼女が望んでいたのはロスト・ヴァージンであり、恋愛ではなかったはずだ。ましてや結婚なんて……曲がりなりにも、耕作と愛華はきょうだいなのである。血が繋がっていないとはいえ、そんなことになったら漆原家は上へ下への大騒動になる。

「あんた、この前泣いてたわよね？」

「えっ……」

「射精しながら涙を流してたわよね？」

「そっ、それがなにか？」

愛華はギャン泣きしていたので油断していたが、しっかり見られていたらしい。

「気持ちがよくて泣いたんでしょ？」

「……まあ」

「わたしは痛くて号泣しました」

「……みたいですね」

「ずるいわよね。一緒にセックスしたのに、あんたは気持ちがよくて泣いて、わたしは痛くて泣いて……不公平じゃない？」

「そっ、そんなこと言われても……」

耕作は戸惑うしかなかった。その現象は男女の体の構造に由来するものだろうから、こちらに文句を言われても対処のしようがない。

「わたしのことも気持ちよくして」

「はっ？」

「わたしが気持ちがよくなるまで、あんたにはセックスに付き合う責任がある」

きっぱりと言いきった愛華の心情を、耕作には推し（お）はかることができなかった。ただ、初体験を済ませてセックスに味をしめた、というふうにはどうしても思えなかった。このときの愛華からは、悔しそうな感情だけがひしひしと伝わってきた。初体験において女だけが痛みをともなう理不尽さに対して思うところがあったのだろうし、世間の男女を夢中にさせているセックスというものが、痛いだけのものであるはずがないとも思っていたのだろう。慣れれば気持ちがよくなるはずだと……自分だって気持ちよくなりたいと……。

いずれにせよ、耕作に拒むことはできなかった。義姉の圧も強かったが、それ以上にセックスがしたかったからである。この数日間、耕作は一日に五回もオナニーをしていた。眼をつぶり、脳裏に思い浮かべるのは愛華その人だった。

ＡＶにはいっさい興味がなくなった。ＡＶ女優には、愛華ほど美しい容姿の女がいないからである。見た目だけではなく、驚くほどの巨乳や、すべすべの肌の触り心地、発酵しすぎたヨーグルトのような性器の匂いまで嚙みしめるように反芻すれば、射精を遂げたあとでも勃起がおさまらず、立てつづけにしごくことさえ珍しくなかった。

「ねえ、舐めてほしいの？」

耕作の腕の中で、愛華がもじもじと身をよじる。くすんだピンク色のスウェットに身を包んでいても、抱擁している腕には女らしいボディラインが伝わってくる。胸には巨乳があたっている。なによりこちらを見つめる眼つきが妖しい。眉根を寄せ、瞼を半分落としたねだるような表情――処女だったころには考えられないエロスを振りまいている。

（なっ、舐めてもらえるのか……フェラしてもらえるのか……）

耕作の体は興奮で小刻みに震えだした。男なら誰だって、フェラチオに興味があるに決まっている。しかも相手が愛華のような美人となれば、その光景を眼に焼きつけておきたくなるだろう。

しかし……。

興奮に身震いしつつも、耕作の胸には一抹の不安がよぎっていった。

愛華に誘われるまま、このところセックスばかりしている。十九歳の若さがあるので精力と体力は問題ないが、愛華といないときでもぼんやりして、気がつけば淫らなことばかり考えているのだ。

いわゆる色ボケ状態——二浪はできない宅浪生の身でありながら、快楽の追求ばかりにうつつを抜かしていていいのだろうか？　愛華の誘いを断れなくとも、せめてもっと節度を守るというか、ペース配分に気をつけるというか、今日で言うなら、お楽しみの時間は受験勉強が一段落してからにしたほうがいいような……。

「あっ、そうか」

愛華が大きな黒眼をくるりとまわした。

「こんな格好してちゃ、その気にならない？　そりゃそうよねえ……」

くすんだピンクのスウェット上下に包まれた自分の体を見て、悪戯っぽく笑う。両手でパーカーの裾をつかんで大胆にめくりあげ、腹部の真っ白い素肌を見せる。耕作がとめる間もなく、ブラジャーが露わになる。

（うわあっ……）

耕作は思わず声をあげそうになった。

華やかなコーラルピンクのブラジャーを着けていた。レースや刺繍をふんだんに使ったデザインもゴージャスなら、ただでさえ大きなふたつの胸のふくらみが寄せてあげられて深い谷間をつくっている。よく見てみれば、やけに胸元が広い。ハーフカップとか、四分の三カップと呼ばれるものかもしれない。

処女のときはいかにもダサい白い下着姿だったし、その後のそれと似たようなものばかり着けていたのに、ここへきてセクシーランジェリーを導入してくるなんて、彼女の性の目覚めもいよいよピークに達しているということか？

「うんしょ……」

愛華は腰を屈めて、スウェットパンツも脱ぎはじめた。ブラジャーと揃いの、コーラルピンクのパンティが露わになった。揃いなのは色だけではなく、セクシーなデザインもだった。

フロントは超ハイレグで、なめらかに艶光りしている生地がこんもりと盛りあがった恥丘の形状を露わにしていた。耕作がよほど血走った眼で見ていたのだろう、愛華は出血大サービスとばかりに、その場でくるりと一回転した。前が超ハイレグなら後ろはTバックで、尻の双丘がほとんどすべて見えていた。

「あんたも脱ぎなさいよ」

自分ひとり下着姿なのが急に恥ずかしくなったようで、愛華は眼の下を赤く染めながら言った。

「あっ、ああ……」

耕作は興奮に震える指先でシャツのボタンをはずしはじめた。同い年の愛華に色気はない、と耕作は思っていた。美人ではあるが、セクシーには程遠いと……。

だがそれは、ひとつ屋根の下にお色気モンスターと言っていい義母がいるゆえの錯覚だったのかもしれない。

女らしさを強調した下着を着けていると、まるで様相が違った。もちろん、下着のせいだけではなく、処女を失い、性的好奇心を全開にしているという理由もあるのだろうが……。

「ふふっ、今日も元気いっぱいね」

耕作が綿パンを脱いで黒いブリーフ一枚になると、愛華はもっこりとふくらんだ股間を眺めて卑猥な笑みをもらした。口許は笑っているのに、眼はまったく笑っていない。それでいて瞳がねっとり潤んでいるのがいやらしすぎる。

「脱がせてあげる」

愛華が足元にしゃがみこんだ。言葉とは裏腹に、いきなりブリーフを脱がせてこなかった。伸縮性の生地を突き破らんばかりに勃起しているペニスを、ブリーフ越しに撫でてきた。

「ううっ……」

耕作はぶるっと震えた。愛華に股間をまさぐられるのは初めてではない。なんなら初体験のときからペニスをしごかれたが、何度触られても全身が粟立つような興奮が押し寄せてくる。

「勘違いしないでよね……」

すりっ、すりっ、と股間のふくらみを撫でまわしながら、愛華が言った。

「あんたのことが好きだから、こんなことしてるんじゃないのよ……エッチがしたいだけ……エッチがしたいだけなんだから……こんなに可愛い子の処女を奪ったんだから、あんたにはわたしを気持ちよくする責任があるんだから……」

もはやセックスの幕開けにかならず言われる、儀式のような台詞だった。

耕作にしても、愛華に恋愛感情など抱いていなかった。なのに、鼻息は荒くなっていく。上眼遣いでこちらを見上げている愛華の瞳も潤みに潤んで、欲情の高まりを伝えてくる。

ブリーフがめくりさげられると、勃起しきったペニスが唸りをあげて反り返った。

「あああっ……」

愛華は艶めかしい声をもらしながら、ぷっくりと血管を浮きあがらせている肉胴に指をからめてきた。彼女はもう、いきなり強く握ってきたりはしなかった。手コキの要領をすっかりつかんでおり、触るか触らないかの手筒によって、軽やかにしごきたててきた。

4

「なんか出てきたんですけど……」

鈴口から噴きこぼれた我慢汁を見て、愛華が言った。母親譲りの美貌が、緊張でひどくこわばっていた。手コキによって我慢汁があふれだしたことなんていままでだって何度もあるのに、咎めるような上眼遣いを向けてくる。

「べつ、べつに無理に舐めなくてもいいけど……」

愛華は今日、初めてのフェラチオに挑戦すると宣言していた。

耕作がおずおずと声をかけると、

「はあ？」

愛華は憎々しげに唇を歪めた。

「どうしてやる気を削ぐようなことを言うわけ？　だいたい、あんたを気持ちよくさせたいから舐めるわけじゃないから。わたしが舐めたいから舐めるんだから。経験を積むためにね……」

歪めていた唇を開き、ピンク色の舌を差しだす。強気な言葉を並べても、顔面同様、舌先までもこわばっている。

（たしかにな……）

耕作の心臓も、緊張で怖いくらいに早鐘を打っていた。男性器はグロテスクな姿をしていると、自分でも思う。無理に舐めなくてもいいのにというやさしさと、でも舐められたいという欲望が、胸底で複雑に交錯している。

「うんあっ……」

愛華は意を決した表情で舌を伸ばしてくると、亀頭の裏筋をペロリと舐めた。次の瞬間、大仰に顔を歪めたが、耕作はかまっていられなかった。生温かい舌の感触を敏感な部分に感じ、体中が震えだしたからである。

「もっ、もっと……もっと舐めて……」

反射的に言うと、

「なーに」

愛華は再び憎々しげに唇を歪めた。

「べつに舐めなくてもいいなんて言ってたくせに、ちょっと舐めただけでそんなふうに豹変しちゃうわけ？」

そう言いつつも、舌先を伸ばし、ペロペロッ、ペロペロッ、と裏筋を舐めてくる。

「おおおっ……おおおおっ……」

耕作は激しく身をよじった。それを上眼遣いでチラチラ見ながら、愛華はさらに舌を躍らせる。亀頭全体を舐めまわし、あっという間に唾液の光沢に濡れ光らせると、今度は唇をOの字にひろげて亀頭を口に含んできた。

「ぬおおおおおーっ！」

耕作は腰を反らせてのけぞった。口腔愛撫が初挑戦のせいだろう、口に含まれたのは亀頭の半分ほどだったが、体中の血液が沸騰しそうなほど興奮した。

耕作にとっても生まれて初めて経験するフェラチオ——しかも相手は、同じクラスにいたら眼も合わせてもらえないほどの高嶺の花である。顔面偏差値も高ければ、類い稀な巨乳を擁する十九歳のボディを、コーラルピクのセクシーランジェリーで飾っている。眼福がすさまじすぎる。

「うんんっ……ぅんんっ……」

愛華は鼻奥で悶えながら、亀頭をじわじわと深く咥えこんでいった。敏感なカリのくびれに唇が到達すると、耕作の腰はビクッと跳ねた。その反応を、愛華が上眼遣いでうかがってくる。弱点を見つけたとばかりに、カリのくびれに集中攻撃が始まった。

「おおおっ……おおおうううーっ！」

耕作は雄叫びじみた声をあげ、天を仰いだ。顔面が燃えるように熱くなり、噴きだした汗が眼の中にまで流れこんでくる。すかさず指で拭って、天を仰いでいた顔も下に向ける。

愛華のフェラ顔を、脳裏に焼きつけておくためだった。鼻の下を伸ばし、双頬をべっこりとへこませた彼女の舐め顔は、そもそもが美形だけに正気を失いそうなほどいやらしい。まさしく美は乱調にあり……。

（呑気なこと言ってる場合じゃないぞ……）

ヌルッ、ヌルッ、とカリのくびれの上を唇がすべるほどに、耕作の体はきつくこわばっていった。元より全身が小刻みに震えていたが、それより激しい勢いで両脚がガクガクしはじめる。

このままでは、暴発の恐れがあった。自分は早漏ではないと思うが、フェラの快感は性器の結合を凌駕している気がした。凌駕とまでは言えなくても、刺激の質があきらかに違う。フェラの刺激のほうが、射精に直結しているような感じがする。

「もっ、もういいっ！」

耕作は荒ぶる声を放って、愛華の頭をつかんだ。そのまま腰を引いて、咥えこまれた亀頭をスポンッと抜く。

「なによう」

唾液にまみれた唇を指で拭いながら、愛華が意地悪な笑みを浮かべた。

「まだ、舐めはじめたばっかりじゃない」

「そんなに舐めなくてもいいいんだ」

「自分は処女のわたしが泣くまで舐めまわしてたくせに」

愛華の恨み言をきっぱりと無視して、耕作は彼女の手を取った。立ちあがらせつつ、ベッドカバーを剝いで横になる。

ここはラブホテルではなく、耕作の部屋だった。ベッドも狭いシングルだから、ふたりで横になれば必然的に身を寄せあう格好になる。耕作が陣取るのは、いつでも愛華の右側だ。もちろん、こちらの右手を自由に使えるようにするためだ。

「うんんっ！」

耕作は愛華の肩を抱き寄せて、唇を重ねた。いまのいままで自分のものを咥えこんでいた口唇だが、汚いとは思わなかった。それよりも、感謝の気持ちのほうが強い。意地悪なことを言っていても、兎にも角にもこの口は自分のペニスを舐めてくれたのだ。いやらしすぎるフェラ顔を披露して、咥えてくれたのだ。感謝の気持ちを込めて濃厚なキスをせずにはいられないではないか。

「うんんっ……ぅんあぁっ……」

愛華が唇を開いたので、耕作はすかさず舌を侵入させていった。ネチャネチャと音がたちそうな勢いで舌と舌をからませあいつつ、右手を愛華の胸に伸ばしていく。横から見ると怖いくらいに迫りあがっている、ブラのカップを手指で触れる。

コーラルピンクのブラジャーは、レースや刺繍をふんだんに使ったゴージャスなデザインだった。触れるとざらついた表面の感触が卑猥で、思わず撫でまわしてしまう。そうしてみると、見た目以上の迫りだし方に舌を巻かずにいられない。

「すっ、素敵な下着だね……」

柄にもなくお世辞を言うと、長い睫毛(まつげ)を伏せていた愛華が眼を見開いた。びっくりしたように耕作の顔を一瞥してから、再び長い睫毛を伏せた。眼の下がみるみる真っ赤に染まっていった。

彼女にしても、勇気をもって着けてきた勝負下着なのだろう。言葉は返ってこなかったが、それくらいはわかった。しかし、なにを勝負しているのだろう？　ただ単にエッチな気分を盛りあげたかっただけなのか？

「あああっ……」

ブラ越しに巨乳を揉みしだくと、愛華はせつなげに眉根を寄せた。その表情は生唾ものだったが、そもそも大きな隆起にブラジャーの保護まであっては、揉みづらくてしようがない。

耕作は愛華を抱擁するようにして、彼女の背中に両手をまわした。初体験のときはまるで歯が立たなかったホックを一発ではずし、ブラジャーを奪う。

「いやっ……」

愛華が羞じらって胸を隠す。女の細腕二本で隠しきれるほど、彼女のふくらみは控えめではない。こぼれた乳肉を愛撫することができる。

とはいえ、無理に巨乳から愛撫を始める必要もなかった。両手で胸を隠していれば、必然的に無防備になるところがある。

耕作の右手は、愛華の下半身に這っていった。剝きだしの白い素肌はすべすべで、手のひらでそれを味わうように腹部から太腿を撫でまわす。愛華がもじもじと身をよじれば、ヒップにまで手が届く。今日のパンティはTバックだから、少しでもヒップとベッドの間に隙間ができれば、生身の尻丘に触れることができる。

そうしつつ深いキスを再開すれば、愛華はもう、快楽の海に向けて船を漕ぎだすしかない。

「うんんっ……ぅんんんーっ！」

舌を吸われながら、鼻奥で悶え泣く。耕作は愛華の反応を注意深くうかがいながら、右手を股間に忍びこませていく。

「んんんんーっ！」

こんもりと盛りあがった恥丘をひと撫でしただけで、愛華は両手で胸を隠していられなくなった。あわてて耕作の右手首をつかんできたが、本気の抵抗ではない。

すりっ、すりっ、と耕作は恥丘を撫であげた。愛華の股間に食いこんでいるコーラルピンクのパンティはなめらかなシルキー素材なので、撫でている中指も心地いい。薄布の向こうに、生々しい女の割れ目を感じる。

（昔のままなら、こうもはっきりわからなかっただろうな……）

お互いに初体験を迎えたあの日、愛華の裸身の中でいちばん驚かされたのは陰毛だった。ＡＶでも見たことがないほどの剛毛であり、黒々とした草むらが股間全体を覆っていた。マングり返しに押さえこんでも、濃すぎるアンダーヘアに邪魔されて性器がよく見えなかったくらいだ。

あの剛毛は、いまはもうない。あればそもそもハイレグパンティなど穿かないだろう。フロント生地の両サイドから無駄毛がはみ出してしまい、セクシーでもなんでもない滑稽な姿になってしまう。

「あああっ……くぅううっ！」

愛華はキスを続けていられなくなり、首にくっきりと筋を浮かべた。耕作の右手の中指は、執拗にパンティ越しの愛撫を繰り返している。割れ目を何度もなぞりあげ、クリトリスがあるあたりに小刻みな振動を送りこむ。股間にぴっちりと食いこんでいるフロント生地が、次第にじんわり湿ってくる。

「ねっ、ねえっ……」

愛華がすがるように見つめてくる。股間の刺激に身をよじり、しきりに両腿をこすり合わせている。切羽つまりかけた彼女の顔には、パンティを早く脱がせてほしいと書いてあった。薄布越しの刺激がもどかしく、もっと直接的な刺激がほしいと……。

耕作は愛華のヒップに手をまわし、パンティをずりおろしていった。そうしつつ、愛華の眼をのぞきこむ。望みを叶えてやっている男の顔を、愛華はうっとりと見つめ返してくる。

丸まったパンティを爪先から抜くと、両脚をひろげた。処女を失ってからしばらくは、両脚をひろげるとすぐに閉じた。何度もひろげ直してようやく手マンの続きができたものだが、いまの愛華はそういう抵抗はしない。

かわりに、M字に開かれた両脚を震わせる。羞じらいよりも不安よりも、期待のほうが強く伝わってくる。しかも彼女が愛撫をほしがっていた場所は、ブラジリアンワックスで剛毛を処理し、すっかりつるつるになっている。こんもりと盛りあがった恥丘は白く輝き、アーモンドピンクの花びらは剝きだしだ。

「ううっ……」

耕作が右手の中指を口に咥えると、愛華は身構えた。その仕草が、女の花を直接触るときの儀式のようなものだからである。

唾液をたっぷりとまとわせた中指で花びらに触れると、

「あううーっ！」

愛華は腰を浮かせてのけぞった。耕作の中指はまだ、くにゃくにゃした花びらの縁を、軽く触っただけだった。愛華とベッドインを重ねることで、女性器はソフトな愛撫のほうが感じることを学んだ。ネットで拾える性技向上のためのコラムなども読み、AVの愛撫は見せるためのもので、女を感じさせるためのものではないということも理解した。

「んんーっ！　くぅううーっ！　くぅうううーっ！」

実際、花びらの縁をヌルヌルした指で軽くこすっているだけで、愛華は激しく身悶えている。パンティ越しの愛撫のときより、ずっと反応がいい。眉根を寄せた表情もいやらしいけれど、ハアハアと息もはずませている。

耕作は根気強く中指を動かした。この段階の愛撫は、時間をかければかけるほどいい。欲望のままに突っ走ってしまわないように自分を抑えつつ、花びらと花びらの合わせ目をなぞる。次第に、奥から熱い蜜があふれてくる。指につけた唾液が乾いてしまっても、愛華が漏らした発情の蜜がねっとりと指にからみつき、愛撫はどこまでもスムーズだ。

「あううっ！」

愛華が声を跳ねあげて、ぎゅっと眼を閉じた。中指が、花びらと花びらの合わせ目にある、敏感な肉芽に触れたからだ。偶然だったが、愛華の腰はビクビクと跳ねた。胸では巨乳が揺れている。

クリトリスを愛撫するのはもう少し先にしようと思っていた耕作だが、愛華の反応を見て集中攻撃をかけることにした。とはいえ、もちろん強く刺激したりはしない。くすぐるようなタッチで、ねちねち、ねちねち、敏感な肉芽を転がしてやる。

「ああああーっ！　はぁあああーっ！　はぁあああああーっ！」

愛華はもう、手放しでよがり泣くばかりだった。ベッドインを繰り返すことで、彼女が感じたときに放つ声は驚くほど大きくなっていった。部屋中にわんわん反響しているし、階下に義母がいれば確実に聞こえるレベルだ。

それでも耕作は、うるさいなんて思わなかった。愛華が声量を制御できないのは、他ならぬ自分の愛撫でよがっているからなのだ。声だけではなく、中指一本で、彼女の体をぶるぶる震わせている。のけぞらせたり、首に筋を浮かべたりさせている。男として、これ以上に満たされることはない。

いや……。

「ああっ、いやっ！　ああああっ、いやああああーっ！」

どうやら「これ以上」を味わえることができそうだった。百発百中とまでは言えないが、このところ手マンで愛華をイカせる確率が高くなってきた。イカせることができれば、もちろん男としての満足度は最高潮だ。

「あああっ……あああああっ……」

愛華が眼を見開き、瞳が溺れそうなほど潤んだ眼で見つめてくる。潤んでいるのは眼だけではない。女の花は淫らなほどの蜜をあふれさせ、花びらの間で指がひらひらと泳ぐほどだ。

「ねえっ……イッ、イキそうっ……イッちゃいそうっ……」

「イキたいの？」

「イッ、イキたいっ……イカせてっ……」

絶頂をねだる愛華は、いつだって可愛らしい。耕作はうなずき、クリトリスへの愛撫を続けた。ねちねち、ねちねち、転がしては、愛華の表情をうかがう。母親譲りの美貌は真っ赤に染まり、汗で濡れ光りながらくしゃくしゃに歪んでいく。

「イッ、イクッ！　イクイクイクッ！　あああっ……はぁあああああーっ！」

身構えていた体が解き放たれ、ビクンッ、ビクンッ、と跳ねあがる、胸で巨乳を揺らしながら激しいまでに身をよじり、イキきると開いていた両脚を閉じて、耕作の右手をぎゅうっと挟んできた。

（ホントに魚みたいだな……）

太腿をこすり合わせてオルガスムスの余韻をむさぼり、まだ体を小刻みに跳ねさせている愛華を見ていると、いつも同じことを思う。魚にエロスなど感じたことはないけれど、釣りあげられたばかりの若鮎(わかあゆ)のように体をビクビクさせている愛華は、エロスの化身としか言い様がない。初々しい色香を振りまきながら、必死になって恍惚(こうこつ)を噛みしめている彼女から眼を離せない。

5

お互いが初体験を迎えたラブホテルで、耕作は愛華に手ひどい意地悪をされた。手コキで射精寸前まで追いこまれて、寸止め生殺し地獄に突き堕(お)とされたのだ。あの恨みは忘れていない。意趣返しにこちらも同じことをしてやろうと何度思ったか知れないが、できた試しがない。

理由のひとつは、指先ひとつで女をイカせる満足感だ。

それに加え、イッたあとの愛華の様子がたまらない。自分ひとり絶頂に導かれてしまったのが恥ずかしいらしく、普段の彼女からは考えられない羞じらいを見せる。羞じらう女に興奮しない男はいないから、耕作は愛華が欲しくなる。身を翻して彼女に身を寄せていく。閉じている両脚をあらためてM字に割りひろげて、その間に腰をすべりこませていく。パイパンの女陰はアーモンドピンクの花びらを剥きだしにしており、一刻も早く貫きたい衝動が襲いかかってくる。

だが、その前にしなければならないことがあった。ヘッドボードに手を伸ばし、備えつけの小さな引き出しを開けた。コンドームを取るためだったが……。

「今日は着けなくていいよ……」

体の下で愛華が言った。まだ羞じらいタイムから抜けだしていないので恥ずかしそうな口調だったが、言っていることは大胆不敵だった。

「わたしたぶん、明日生理がくるから。周期順調なほうだし、今日は生で入れて中で出しても大丈夫……」

「……マジで？」

耕作は愛華を見て大きく息を呑みこんだ。生挿入で中出し——それは男にとって最大のロマンである。しかし、ふたりはきょうだい。血は繋がっていないにしろ、間違っても妊娠させることはできないから、いままでのベッドインではかならずコンドームを装着していた。

「絶対大丈夫」

愛華は言い、長い睫毛を伏せてふるふると震わせる。

「男の人って着けないほうが気持ちいいんでしょ？　わたしもちょっと……着けない

でするの興味あるし」

耕作の心臓はにわかに激しく暴れだした。手マンでイカせ、柄にもなく羞じらう愛華に興奮していたから、元より鼓動は乱れていたけれど、それが倍の勢いになって胸が痛いほどだった。

「じゃ……じゃあ、このまま……」

生身のペニスを握り締め、切っ先を濡れた花びらにあてがう。ほんの少し触れただけで、ヌルリとした感触が生々しく、背筋に興奮の震えが這いあがっていく。

「……きて」

愛華が両手をひろげたので、耕作は上体を覆い被せた。抱きしめると、あお向けになっても形の崩れない巨乳が、胸にあたってむぎゅっとつぶれた。

「いっ、いくよ……」

耕作は愛華の肩を抱き、挿入の準備を完了させた。

「うん」

愛華がうなずいたので、耕作は腰を前に送りだしていった。女の花はよく濡れていた。亀頭が簡単に埋まった。そのままずぶずぶと入っていく。愛華は息をとめてこちらを見ていたが、ペニスがすべて彼女の中に収まると、

「んんんーっ！」

苦しげに眉根を寄せて、くぐもった声をもらした。

（……たっ、たまらないじゃないか）

耕作は生で結合する挿入感に震えていた。コンドームを着けていては感じることのできない、女性器の熱を感じた。愛華の中は熱かった。こんなにも燃えていたのかと、興奮が生々しく伝わってくる。

そして、内側にびっしり詰まっているヌメヌメした肉ひだの感触……。

「ああーっ！」

動きはじめると、愛華が声をあげた。いつもより、ずっと甲高かった。耕作もまた、衝撃を受けていた。結合しただけでたまらなかった生挿入は、動きだすと叫び声をあげたいほどの快感が訪れた。

（たまらないっ……たまらないよっ……）

生々しすぎる快感に煽られ、腰の動きが熱を帯びていく。初体験のときは体ごとぶつかるような不細工なピストン運動しかできなかったが、回数を重ねることでコツをつかんだ。まだまだ自由自在とは言えないし、正常位以外の体位では難しいけれど、リズムに乗って快楽をつかまえることはできるようになった。

「ああーっ！　はぁあああーっ！　はぁうううううーっ！」

勃起しきったペニスをぐいぐいと抜き差ししていけば、愛華の声が天井知らずに甲高くなっていく。声をあげるだけではなく、激しいまでに身をよじる。汗ばんでいる巨乳を耕作の胸にこすりつけてくる。

「ああっ、いやっ！　いやいやいやいやいやあああっ……」

愛華が焦った顔でこちらを見た。

「おっ、おかしいっ……わたしおかしいっ……ねえ、どうすればいい？　わたしおかしくなっちゃいそうよおおおーっ！」

愛華は本気で焦っているようだったが、耕作はとりあわなかった。おかしくなりそうなくらい気持ちいいなら、歓迎すべき事態であり、なにも心配する必要はない。

そんなことより、射精がぐんぐん近づいてくる。生挿入による快感と、まだ経験したことがない中出しへの期待で、いつもより早くペニスの芯が疼きはじめてしまったようだ。

多少の経験を重ねたとはいえ、射精のタイミングをコントロールする術までは、いまの耕作にはなかった。出そうになったら出すしかないし、なにより射精がそこまで迫っているということは、快感がピークに達しているということなのである。ヌメヌメした肉ひだにこすりつけるほどに、ペニスは限界を超えて硬くなっていく。膨張しすぎて爆ぜてしまいそうと言ってもいいくらいだ。

だが……。

耕作がそのときを迎えるより少し早く、愛華に異変が起こった。

「ねえっ……ねえっ……わっ、わたしイッちゃいそうっ……」

一瞬、耳を疑った。愛華はクリトリスではイケるけれど、結合状態ではまだイッたことがない。いわゆる「中イキ」について耕作もネットでいろいろ調べたけれど、AV女優のように場数を踏みまくっている人たちを例外とすれば、普通はなかなか中イキできないし、永遠にできない人も珍しくないらしい。それなりに経験と年齢を重ねてようやく、という境地らしいのだ。

にもかかわらず、愛華はイッてしまいそうなのだという。ついこの前までヴァージンだった十九歳――セックスをした回数だって十回以上二十回未満くらいなのに、そんなことがあるのだろうか？

「ああっ、いやあっ！　あああああっ、いやああああーっ！」

愛華は耕作にしがみつき、ちぎれんばかりに首を振った。必死の形相だった。セックスをするとき、彼女はいつも必死だ。必死になって、気持ちよくなろうとする。いまにも訪れそうな衝撃体験を、全身で受けとめようとしている。

「イッ、イクッ！」

耕作の腕の中で、汗ばんだ体が反り返った。次の瞬間、ビクンッ、ビクンッ、と跳ねあがった。もはや若鮎ではなく、海老（えび）のようだった。耕作は力の限り彼女を抱きしめた。そうしていないと、どこかへ飛んで行ってしまいそうな勢いだった。

「イッ、イクッ！　イクイクイクイクイクウウウーッ！」

ほとんどのたうちまわるようにして、愛華は身をよじりつづけた。その動きが、生挿入で肉と肉とが密着しているペニスにも伝わってくる。耕作はピストン運動を送りこみつづけていたが、愛華も動くから複雑に摩擦する。予想外の刺激が、波状攻撃のように襲いかかってくる。

「でっ、出るっ！」

耕作は絞りだすような声で言った。

「でっ、出るっ！　もう出るっ！　おおおおっ……うおおおおおおおーっ！」

雄叫びをあげながら、男の精を放った。ドクンッ、という衝撃とともに、灼熱の粘液がペニスの中心を走り抜け、愛華の中に注ぎこまれる。

「はぁあああああーっ！　はぁあああああーっ！」

「おおおおおおおーっ！　うおおおおおおーっ！」

喜悦に歪んだ声をからめあわせて、耕作と愛華は身をよじりあった。恍惚を分かちあっている実感がたしかにあり、ドクンッ、ドクンッ、と男の精を放つたびに、頭の中が真っ白になっていった。

これが本当のセックスなら、いままでしてきたことはままごとかもしれないと思った。女をオルガスムスに導き、女体が歓喜に痙攣しているのを感じながら遂げる中出しは、いままでとはまるで次元の違う快感を与えてくれたのだった。

（こんなことでいいのかなあ……）

ベッドにあお向けになって天井を見上げながら、耕作は胸底でつぶやいた。ハアハアとはずんでいた呼吸もようやく整ってきて、会心の射精を遂げた多幸感を噛みしめている。同じ射精でもオナニーとセックスでは充実感が全然違うから、賢者タイムの心地よさも比べものにならない。

気分は最高だった。十九歳までモテには無縁な人生を歩んできた耕作にとって、まるで夢の中にいるような感じだった。

しかし、それゆえに不安もこみあげてくる。先ほどの射精の衝撃はすさまじく、男の精を吐きだしながら頭の中が真っ白になった。いまでも真っ白なままである。せっかく暗記した英単語や構文も、煙のように消えてしまった気がする。また一から覚え直さなければならないが、どうせまた次のセックスで消えてしまうのだから、覚えても無駄のように思えてならない。

蟻とキリギリスではないけれど、現在を謳歌（おうか）していれば未来は暗く閉ざされていくものだ——あたりまえの現実が、胸に重くのしかかってきた。

来年の春、志望校の合格を手に入れて快哉をあげたいなら、現在を犠牲にして受験勉強に没頭すべきだった。わかっていても、気力が湧いてこない。愛華のような美人とやりまくれる日々なんて、今後の人生で二度と訪れることはないだろう。大学に合格したところで、自分のような冴えない男は、ヤンキー崩れのやりまんに一発恵んでもらうのが関の山……。

ならば、いまこのときを謳歌しなくてなにを謳歌すればいいのだろう？　志望校に合格しようが、一流企業に就職しようが、男の人生なんて結局、どれだけいい女とセックスできたかで決まるのではないか？

「ねえ……」

愛華が声をかけてきた。狭いシングルベッドの上である。ふたりは身を寄せあい、まだ熱く火照っている素肌と素肌を密着させていた。

「わたし、バイト始めようと思うの……」

一瞬、なんの話をされているのかわからなかった。

「正式に就職するのはまだ怖いけど、あんたのおかげでちょっとは自信も出てきたしさ。ケーキ屋さんとかでバイトしながらクッキングスクールに通って、就職の機会をうかがおうかなって……」

耕作は愛華を見た。顔がまだ赤かった。初めて中イキに達した余韻がありありと残っているようだった。

しかし、彼女はそれによって色ボケになどなっていなかった。引きこもりの生活にピリオドを打ち、前に向かって歩きだそうとしていた。もう一度、夢に向かって走りだそうと……。

耕作はショックを受けた。

愛華はそもそも、社会復帰のための一手段としてロスト・ヴァージンを望んだのだ。そうであるならあたりまえの話なのに、彼女とのセックスにすっかり溺れてしまっている自分が情けなくてしようがなかった。

第四章　恥ずかしい過去

1

「それじゃあ行ってきまーすっ！　バイト終わったら友達とクッキングスクールの見学に行くから、帰りは遅くなるー」

リュックを背負った愛華が、元気にリビングから出ていく。決断すると行動に移すのは早いタイプらしく、春から秋までだらだらと引きこもり生活を続けていたくせに、すぐにバイト先を決めてきた。三つ隣の駅の商店街にあるケーキ屋だ。六本木のスイーツショップと比べると規模も小さいし、ぐっと庶民的ではあるものの、なにしろ見た目がいいので、まだ一週間しか働いていないのに、看板娘のように扱われているらしい。

（美人は得だねえ……美人は……）

耕作は拗ねた気分で朝食を食べていた。炊きたてのごはん、湯気の立つ味噌汁、メインは鮭の塩焼きと焼肉サラダで、小鉢もいくつか——義母のつくってくれた朝食は今日も最高だったが、なんだか食欲がない。

恋人同士ではないとはいえ、耕作と愛華は同じ日に初体験を迎えた仲だった。たとえ好きあっていなくても、体を重ねたのは一度や二度ではないし、それなりに絆（きずな）のようなものを感じていたのに、その片割れに置いてきぼりを食らった気分である。

リュックを背負って元気に出かけていった愛華の後ろ姿はまぶしかった。澱（よど）んだ引きこもり生活と決別し、夢に向かって走りだした清々（すがすが）しさが伝わってきた。

それに比べて、耕作の生活は冴えないままだ。

こちらも頑張って受験勉強に没頭しようと参考書をひろげても、愛華の裸身がチラついてしようがない。バイトを初めて一週間、彼女からセックスの誘いはない。もう二度とないかもしれないと思うと、淫らな思い出だけがやけに生々しく脳裏を行き来していく。英語の構文なんてまったく頭に入ってこない。一日中悶々として、気持ちがまるで落ち着かない……。

「ご馳走さまでした……」

食事を終えた耕作は、力なくつぶやいて席を立った。よーし、気合いを入れて勉強するぜ！　と自分に活を入れても、どうせすぐオナニーしちゃうだろうな、という諦観が胸いっぱいにひろがっていく。眼をつぶれば、いまにも愛華が初めての中イキに達したときのいやらしい表情が浮かんできそうだ。

コンコンと扉が叩かれ、

「耕作くぅ〜ん、コーヒー淹れたけど……」

義母がお盆にコーヒーカップを載せて部屋に入ってきた。

「あっ、ありがとうございます」

耕作は内心で安堵の溜息をつきながらお礼を言った。そろそろ本日二度目のオナニーを始めようとしていたところだった。朝食後に一発抜いたのに、二時間後にはまた精を吐きだしたくなる自分も怖かったが、そんなことより最中の現場を目撃されなくて本当によかった。

(緊張するな……)

義母はコーヒーカップを机に置いても、すぐに出ていってくれない。いつものことだが、耕作が飲みはじめるのを見届けるまでは動かない。他人の視線を感じながら飲み食いするのは緊張するものだが、相手が美しき義母となるとよけいにそうだった。

「おいしいです」

コーヒーをひと口飲んで耕作が言うと、

「でしょ、でしょ」

義母は満面の笑みを浮かべてうなずいた。

「大好きだった銀座のコーヒーショップがあるんだけど、そのお店が豆を通販してるの見つけちゃったの」

「……なるほど」

「送料かかるけど、やっぱりいいわよね。香りだけで癒やされちゃう」

悪戯っぽく鼻を鳴らした義母は、花柄のワンピースを着ていた。夏が過ぎ去ったので、「ブラ見せ、腋見せ」の薄着でなくなったのはいいとして、原色の薔薇の花が咲き乱れているド派手なワンピースである。そのまま高級ホテルで催されるパーティに参加しても違和感がないような……。

（でも家だとあるよ……違和感ありありだよ……）

家事に勤しむ母親というのは普通、もっと地味な格好をしているのではないだろうか？　ジャージとかスウェットパンツとかチュニックエプロンとか、動きやすくて汚れてもいいようなものを着ていると思うのだが、義母がそういう格好をしているのは見たことがない。

「ねえねえ、クッキーも食べてみて。わたしが焼いたんだから」

「はあ……」

耕作はうなずいて小皿に載ったクッキーを食べた。味なんてわからなかった。義母の着ているワンピースは柄がド派手なだけではなく、体のラインがやたらと強調されている。前に迫りだしているバストはもちろん、いやらしいくらいにくびれた腰や、丸々と張りつめたヒップに、どうしても視線を奪われる。

いまこの家には、耕作と義母のふたりしかいない。

愛華がバイトを始めてから、ずっとそうだ。

耕作が受験勉強に没頭できないのは、愛華とセックスした記憶が脳裏に入り乱れているからだけではなかった。愛華の痴態を思いだして勃起しつつも、いつだって義母の気配を探っている。

いつかまた、バスルームでオナニーをするのではないかと思うからだ。

あのときも、愛華が不在だった。血の繋がった実の娘さえいなければ、義母は欲望を解放するのではないかと気になってしようがない。

2

午後二時過ぎのことだ。

煩悩(ぼんのう)の荒波に揉みくちゃにされながらも、耕作はなんとか受験勉強を進めた。ここ数日のうちではもっとも没頭できた気がする。とはいえ、休憩もせずに没頭しつづけると息切れのリスクがあるので、昼食をとることにした。キッチンには買い置きの菓子パンがあるはずだから、それを取りにいこうと階下におりていくと、ピンポーンと呼び鈴が鳴った。

「ごめん、耕作くんっ！　出てもらっていい？」

庭から義母が声をかけてきた。洗濯物を干しているらしい。

たぶん宅配便だろうと思いながら、耕作は玄関扉を開けた。義母は通販が大好きなのだ。三日に一回はなにかが届いている。

しかし……。

扉を開けて眼が合った男は、宅配便のユニフォームを着ていなかった。白髪のオールバックに土気色の顔をした五十がらみの男が、よれたスーツに身を包んで立っていた。眼つきも風体も、一見して胡散（うさん）くさかった。暴力の匂いこそしないものの、堅気（かたぎ）の人間ではないという直感が走る。

「なっ、なにか？」

ドアノブを強く握りしめながら、耕作は訊ねた。

「マリコはいるかな？」

やたらとガサついた低い声で男は答えた。

「うちにはそんな人いませんが……」

耕作は首をかしげた。

「そんなはずないっ！」

男が叫びながら玄関に入ってこようとしたので、耕作はあわててドアを閉めた。しかし、完全に閉めきる前に、男が革靴を挟みこんできた。

「わたしは新倉（にいくら）という者だ。マリコの古い知りあいで、恩人と言ってもいい。いるんだろう？　マリコに取り次いでくれっ！」

血走った眼が狂気走っているように思え、耕作は震えあがった。警察を呼びたくても、いまドアノブから手を離せば男が入ってきてしまう。

「マリコおおおおおーっ！」

雄叫びのように叫んだ男の眼は、もう耕作を見ていなかった。耕作の後ろに、視線は向いている。振り返ると義母が立っていた。血の気を失い、紙のように白くなった顔で……。

「ごめんね、耕作くん……」

力なく震えた声で義母が言った。

「その人、知りあいなの……ちょっと二階に行っててもらえる？」

「いや、でも……」

「お願い！」

いまにも泣きだしそうな顔で義母から見つめられ、耕作はドアノブから手を離した。新倉と名乗った男は肩で息をしながら、よれたスーツの埃(ほこり)を払った。

「すまんね、取り乱してしまって。でも、知りあいだというのは嘘じゃないから。ちょっと話がしたいだけなんだ……」

「さっ、叫んだりするのは、もうやめてくださいよ」

耕作はそれだけ言い残すと、玄関から離れて階上にあがっていった。心臓が早鐘を打っていた。激しい不安感に、体の震えがとまらなかった。知りあいであろうがなかろうが、新倉は絶対、まともな人間ではない……。


自室にこもって受験勉強の続きをする気にはとてもなれなかった。

義母が新倉をリビングに通したのを気配で察すると、抜き足差し足で階段をおりていった。リビングから見えないが、声は聞こえてきそうなところで腰をおろした。手にはしっかりとスマホを握りしめている。なにかあったら、すぐに警察に通報できるように……。

「単刀直入に言おう……」

新倉の声が聞こえてきた。

「芸能界に復帰してもらえないだろうか?」

耕作は息を呑んだ。復帰ということは、義母は元々芸能人だったのだろうか? そうであってもおかしくないほど綺麗ではあるが……。

「私が担当したタレントの中でも、ユキヒラマリコ……キミが誰よりもピカイチだったよ。当時は十九、二十歳……でも、四十になってもまったく美貌に衰えがない。今日会って確信した。キミは芸能界に復帰すべきだ」

「やめてください……」

義母が言った。表情は見えないが、失笑まじりの声だった。

「当時はたしかにお世話になりました。三年で引退しましたけど、社長がマネージャーじゃなかったら、三年ももたなかったかもしれません」

「お世辞はいいよ。私にもっと実力があれば、いまでもキミは芸能界の第一線で活躍できていたことだろう」

「無理ですよ……こんなおばさん、いまの芸能界に居場所はありません」

「キミは断じておばさんじゃないし、無理を承知で今日は頭をさげにきた。我が社の窮状はキミの耳にも入っているだろう? あれだけ連日報道されていれば……」

義母の声は聞こえない。新倉が続けた。

「稼ぎ頭の広沢佳苗(ひろさわかな)がW不倫スキャンダルで大炎上。その火消しだけでも大変なのに、今度は若手の桃田美久（ももたみく）が大麻で逮捕……まったく、もうどうしていいかわからないよ。ＣＭの違約金だけで何億円払うことになるのか……」

耕作は額に脂汗を浮かべてスマホを操作していた。広沢佳苗や桃田美久のスキャンダルは知っている。興味がなくても、ネットニュースに勝手にあがってくる。

新倉というのはふたりが所属する芸能事務所の社長らしいが、いまはそれより「ユキヒラマリコ」だった。

引退して二十年近く経つはずなのに、検索すると一発で出てきた。漢字では「雪平（ゆきひら）麻里子（まりこ）」と書くらしい。「２０００年代に活躍したグラビアアイドル」と説明されている。耕作が生まれていないか、生まれていても赤ちゃんとか幼少期のころだから、記憶にはない。

震える指で画像を検索した。いきなり金色のビキニを着けた画像がヒットしたので、耕作は卒倒しそうになった。

（エッ、エロいっ……エロすぎるだろっ……）

グラビアアイドルなのだから水着姿が出てきてもおかしくないのに、そのエロティックさに度肝を抜かれた。さすが母娘というべきか、顔立ちはいまの愛華そっくりだった。年齢が近いのだからそれだって少しもおかしくないが、愛華の百倍はエロかった。いまにも三角ビキニからこぼれそうな、たわわな乳房。蜜蜂のようにくびれた腰。

ボリューミーなヒップと太腿——太っているわけではないのにやたらと肉感的で、ボディラインにメリハリがある。

それに加えて、表情がとにかく色っぽい。流し目だったり、鼻をもちあげたり、唇を半開きにしたり、セックスのときに乱れている表情を生々しく想起させる。背景は青い海と白い雲なのに、彼女だけがその景色から切り離されて、ピンク色のオーラを放っているようだ。

「お帰りいただけますか……」

義母の声がした。

「社長が大変なのはお察ししますが、わたしにお力になれることはありません」

「そんなことはないっ！」

新倉がドンッとテーブルを叩いたので、耕作はビクッとした。

「いま熟女ＡＶが大流行してることを知ってるかい？」

「はっ？」

「いまどきの女は、三十代後半、四十代前半になっても綺麗だからな。上品でエレガントなのに、カラミになると手放しで燃えあがる……そういうＡＶが売れに売れてる」

「ＡＶって……」

義母の声に怒気が混じった。

「わたしにＡＶに出演しろっておっしゃるんですか？　現役時代、バストトップもアンダーヘアもＮＧにしたのは、新倉社長じゃないですか」

「時代は変わったんだ。二十年前にグラビアアイドルができた根性があれば、いまどきのＡＶくらい……キミならいける。熟女ＡＶでトップに立てる」

「いい加減にしてくださいっ！」

義母が声を張りあげた。

「わたしはもう結婚して家庭に収まっているんです！　芸能界に未練なんてないし、ましてやＡＶなんて……天地がひっくり返ってもそんなものには出ませんから、もう帰ってくださいっ！　帰ってっ！」

義母が新倉を追いだす気配がしたので、耕作はあわてて階上に逃げた。自室に入ると、暑くもないのに全身から汗が噴きだしてきた。

3

耕作は夕方になるまでスマホを手放せなかった。

もちろん、「雪平麻里子」について調べるためである。掘れば掘るほど、お宝画像がざくざく出てきた。

当時はブレイクできずに消えていったらしいが、アイドルマニアの中には熱狂的なファンも少なくないようで、ほとんど伝説の人扱いされていた。実際、いま見ても画像のクオリティは異常に高かった。乳首や陰毛を見せなくても、ここまでエロいグラビアなんて見たことがないほどである。

(人に歴史ありというか……黒歴史ありというか……)

元グラビアアイドルだった過去は、義母にとっては消し去ってしまいたいものなのだろう。そうでなければ、いささかエロティックすぎるけれど自慢しているはずである。自慢に値するような美しい青春時代だとも思うが、本人が知られたくないのなら黒歴史ということになる。それを知ってしまい、あまつさえきわどい水着写真を大量に見てしまったことに、なんとも言えない罪悪感を覚える。

(元芸能人なら、あの色気も納得だよな……)

そう思いつつも、ひとつ気になることがあった。色気の源泉についてである。

愛華は処女から非処女になり、セックスの快感を知れば知るほど、女らしくなっていった。このところ、色っぽくなったなと思うことも少なくない。

もちろん、義母の足元にも及ばないし、義母が十九、二十歳だったころに比べても雲泥の差があるが、それでも色気が出たのはまぎれもない事実であり、色気の源泉はセックス以外には考えられない。

つまり……。

(薫子さんも、若いころからやりまくっていたのか……)

ごくり、と耕作は生唾を呑みこんだ。あの美貌にして、あのボディライン――若いころから男が群がってきてしようがなかったに決まっている。しかも舞台は、魑魅魍魎が跋扈する芸能界である。新人タレントに食指を伸ばしたがる大御所スターもいれば、共演者キラーの男性アイドルだっているだろう。あるいは権力者だ。キャスティングボードを握っている男に媚びを売り、枕営業も辞さない女性アイドルが存在するという話は、都市伝説では片づけられないリアリティがある。

(あいつ、あやしいよな……)

本日の招かれざる客、新倉の姿が脳裏をチラついた。事務所の社長といえば、タレントにとってもっとも身近な権力者である。社長が誰をプッシュするかで、所属タレントの境遇なんて天と地ほど変わってくるものだろう。

しかも、二十年近く前の縁を辿って自宅にまで押しかけてきた。図々しいと言えばそれまでだが、普通の関係でそこまでするだろうか？　かつて男女の関係にあったという事実があればこそ、新倉は義母に助けを求めたのでは……。

(やっ、やめろっ……やめてくれっ……)

あの胡散くさい男に若き日の義母が犯されている光景を想像すると、全身に鳥肌が立った。思わず頭を掻き毟り、もう少しで叫び声をあげてしまうことだった。

過去の話である。

たとえそういうことがあったとしても、もう二十年近く前のことなのに、どうにもやりきれない。

(いや、薫子さんは真面目な人だよ。あの人に限って、枕営業だのなんだの、薄汚い話は関係ないよ……芸能界にだって清廉潔白な人がいるはず……)

必死に自分をなだめてみても、なだめきれなかった。もう少し歳をとっていれば、こんなことは気にならなかったかもしれない。清濁併せ飲むのが大人の男というものだからだ。わかっていても、まだ十九歳で、ほんの少し前まで童貞だった耕作は、義母が汚れた存在に思えてならなかった。

スマホが鳴った。ＬＩＮＥの着信音だ。

確認すると、愛華からのメッセージだった。

――今夜は友達の家に泊まるから、ママに言っといて。

耕作は深い溜息をもらした。

(また外泊かよ。懲りない女だな……)

以前、泊まりがけで海に行くと突然言いだし、義母と喧嘩になったことを忘れたのだろうか？　愛華に言わせれば、あのときは引きこもりで、いまはバイトを始めた。

立派な社会人なのだから外泊くらいいいじゃないかということになるのかもしれないが、そうであるなら自分で義母に言えばいい。後ろめたさがあるから、耕作を伝書鳩がわりに使うようなことをするのである。

とはいえ……。

愛華が外泊となると、今夜は義母とふたりきり。にわかに緊張感がこみあげてきて、耕作は深呼吸をしなければならなかった。

4

窓の外が夕暮れのピンク色に染まってきた。

夕食にはまだ早いが、耕作は自室を出て階下におりていった。義母に愛華からのメッセージを伝えるためだが、ついでに先ほどの招かざる客についても訊ねてみようと思った。芸能界にまつわる薄汚い憶測など、義母にきっぱり否定してもらえばいい。事実がどうであるかより、いまはそういう言葉が聞きたい。

『やだー、耕作くぅん。さっきの人はただの事務所の社長。変な関係じゃないし、引退してから一度も会ってないのにいきなり訪ねてこられて、わたしだってびっくりしちゃったのよ』

義母がそう言ってくれるなら、すべて信用しようと思った。武士の情けで、雪平麻里子についてはなにも訊ねない。うっかり大量の画像をダウンロードしてしまったけれど、あれは自分ひとりでこっそり眺めて楽しむことにする。

リビングに義母の姿はなかった。キッチンにもいない。買物に出かけるなら、ひと声かけてくるはずだ。どこに行ったのだろう？

トイレだろうと思い、リビングでぼんやり立っていると、バスルームからなにやら気配が漂ってきた。

(風呂掃除でもしてるのかな？)

バスルームに向かいかけた足が、次の瞬間、ピタリととまった。掃除ではなく、風呂に入っているのではないか、と思い直したからである。

義母に夕方から風呂に入るような習慣はなかったはずだが、彼女は今日、嫌なことがあった。黒歴史を背負った胡散くさい男が突然現れて、熟女ＡＶに出演しないかと無茶なことを言ってきた。

そういう嫌なことがあった場合、熱いシャワーを浴びて気持ちをすっきりさせたいというのは、誰にだって訪れる心理状態ではないだろうか？

耕作はムーンウォークのような動きで、ゆっくりと後退り（あとずさり）はじめた。前に進めばバスルーム、後ろに行けば勝手口……。

物音をたてないように注意して、裏庭に出た。空はまだピンク色でも、塀に囲まれている裏庭は暗い。夜闇ほど完璧に身を隠すことはできないが、耕作はバスルームの窓に向かって抜き足差し足で進んでいった。前回の成功体験が、背中を押してくれる。義母は風呂をのぞかれていることに気づくタイプではない。それどころか、誰も見ていないと思ってオナニーまでしてしまう人なのだ。

とはいえ、一抹の不安もあった。シャワーの音がしないのだ。ということは、義母はいま、湯船に浸かっているということになる。シャワータイムよりリスキーだが、いまさら後には退けなかった。

腰を屈め、頭をさげて、曇りガラスの窓に手を伸ばしていった。サッシに触れる。指先だけでそっと開け、恐るおそる頭をあげていく。

義母は湯船に浸かっていた。

それは予想通りだったが、湯船の位置の関係で後ろ姿しか見えなかった。耕作は内心で舌打ちしたが、後ろ姿だけでもエロいのが義母だった。長い黒髪をアップにまとめているから、後れ毛も妖しいうなじがセクシーだ。華奢な双肩、程よく脂の乗った真っ白い背中、柔らかそうな二の腕……乳房や陰毛が見えなくても、こんなにも色っぽいなんて、圧倒されてしまうしかない。

（熟女ＡＶか……）

その手の動画なら耕作も見たことがあるが、どちらかと言えば苦手だった。最近の熟女AV女優は本当に綺麗で、「おばさん」とか「ババア」と揶揄することができない人が多い。二時間ドラマで主役を張る女優のように清楚で、淑やかで、優美なたたずまいの人も珍しくない。

それはいいのだが、濡れ場になると豹変する。熟女に羞じらいがないわけではなく、若い女よりむしろ羞じらい深いくらいなのに、結局は欲望に負ける。快楽に呑みこまれて獣の牝に堕ちていく。身も蓋もないアヘ顔を披露して、女としての恥という恥をさらしきる……。

ちゃぽんっ、と音が鳴った。

義母が湯船の中で立ちあがったのだ。耕作はすかさず頭をさげた。普通に考えて、湯船から出ると次はシャワーだろう。そのままあがってしまう可能性もあるが、そうなったらしかたがない。

しかし、待てど暮らせど、シャワーの音が聞こえてこなかった。かといって、バスルームから出ていく気配もない。焦れた耕作は、再び恐るおそる頭をあげていった。義母の後ろ姿が見えた。まだ湯船の中に立っていた。

(なにやってるんだろう？)

足だけを温める「足湯」だろうか？　そうであるなら、湯船の縁に腰かけたりしないのだろうか？　立ったまま足湯？　人の習慣はそれぞれだし、それほど奇抜なことではないが、なんとなくおかしい。

「……あぁっ」

義母が声をもらしたので、耕作はビクッとした。驚くような大きな声ではなかったし、むしろ吐息を吐きだすような小さな声だったが、声音が普通ではなかった。体の芯まで響いてくるような、色っぽい声だった。

「あぁっ……あぁあっ……」

義母が身をよじりだした。耕作からは後ろ姿しか見えないので、はっきりそうだと断言することはできなかったが、

（まっ、またオナニーしているのか？）

どう考えてもそれ以外になかった。くびれた腰をくねらせ、ボリューミーなヒップを左右に振っている。両手が前にまわっているので見えないが、乳房を揉んだり股間をいじったりしているのでは……。

疑惑はすぐに確信に変わった。ハアハアと息をはずませ、色っぽい声を振りまきながら、義母は右足を湯船の縁にのせたのだ。そんなことをする理由は、股間を刺激するため以外に考えられない。

（あっ、あの胡散くさい男に抱かれたときのことを考えてるのか？　それとも、熟女

ＡＶに出演することを妄想して……）

いずれにせよ、義母が欲求不満をもてあましていることは間違いなかった。性欲が人間の三大欲求である限り、そのことを責めるわけにはいかない。

しかし、なんだか腹がたってくる。バスルームで立ちオナニーをするのがいちばん燃えるのかもしれないが、あまりにも破廉恥だ。オナニーがしたいなら夜中にベッドの中でこっそりやればいい。いや、本音を言うなら、できれば義母にはオナニーなんてしてほしくない……。義母とはいえ、母親がオナニーすることに嫌悪感があった。

（うっ、うわっ……）

義母が突然前屈みになったので、耕作は息を呑んだ。前屈みになったということは、ヒップがこちらに向かって突きだされるということである。しかも、義母は右足を湯船の縁にのせているから……。

アーモンドピンクの花びらが見えた。その上では、セピア色のアヌスがすぼまっている。女の恥部という恥部をさらけだした格好だが、義母はもちろん耕作がのぞいていることに気づいていなかった。あんあんと色っぽい声をもらしながら、花びらの間で指を躍らせている。くにゃくにゃしたアーモンドピンクの花びらが、みるみる淫らに濡れ光りだす。お湯ではない、発情の蜜で……。

（なっ、なんだ？）

義母がなにかを手に取った。シャンプーなどが並んだ台に置かれていたのだが、透明だったので気がつかなかった。

ディルドという名称だと後で知った。要はペニスをかたどった大人のオモチャである。ヴァイブとよく似ているが、ヴァイブのように振動はしない。

義母はその切っ先を、アーモンドピンクの花にあてがった。そのままずぶずぶと入れていったので、耕作はまばたきも呼吸もできなくなった。

「あううっ！」

獣のような咆哮（ほうこう）とともに、義母はディルドを出し入れしはじめた。眼もくらむような光景だった。ペニスをかたどった透明の棒が女の花に突き刺さっているだけでもいやらしいのに、セピア色のすぼまりまでが丸見えだ。おまけに、湯船の縁にのせている右脚の太腿はぶるぶると痙攣がとまらず、肉づきのよすぎるヒップも波打つように動いている。

（いっ、いやらしいっ！　いやらしすぎるだろっ！）

耕作はふたつの拳を握りしめた。腹が立ってしようがなかった。鏡を見ればきっと、鬼の形相をしている自分と対面できたに違いない。

性欲が人間の三大欲求のひとつとはいえ、ものには限度があるというものだ。ここは彼女がひとり暮らしをしている家ではない。ちょっと前まで耕作と父がふたりで暮らしていた家であり、彼女は後からやってきたのだ。ほとんど他人の家でありながら、ここまで大胆なオナニーをするなんて……。

許せない。

人としておかしすぎる。

いや、いやらしすぎる……。

5

気がつけば、耕作は家の中に戻り、バスルームの前に立っていた。

汗ばんだ手でドアノブをつかんで引けば、そこは脱衣所——洗面台や洗濯機が置かれたスペースであり、その奥にバスルームの曇りガラスがある。

外に面した窓の曇りガラスは、針金が入った分厚いものだが、家の中のそれはもっと簡素な造りで、曇り具合も薄い。

よって、中にいる義母の肌色がよく見えた。表情まではわからなくても、湯船の中で前屈みになっている様子はうかがえる。

耕作はゆっくりと息を吸い、吐いた。

自分がこれからなにをしようとしているのか、よくわかっていなかった。意思ではなく、衝動に体を突き動かされていた。

バスルームの扉を開けた。

「きゃあっ！」という悲鳴があがることを覚悟していたが、それは聞こえてこなかった。人間、あまりにもびっくりすると、逆に声が出ないものなのかもしれない。

義母は眼を真ん丸に見開いてこちらを見ていた。

一糸まとわぬ体は凍りついたように固まっている。透明なディルドを股間に突っこんだまま……。

耕作はバスルームに入っていった。言葉はかけなかった。義母もまた、半開きの唇をわなわなと震わせるばかりで言い訳の言葉ひとつ出てこない。もっとも、この状況を誤魔化せる言い訳など、あるとは思えないが……。

義母は怯えていた。自慰を見つかって怯えるしかなかったのかもしれないし、こちらがあまりにも険しい表情をしていたからかもしれない。

耕作は義母に近づいていった。怯えるばかりでなにも抵抗できない義母の体から、ディルドを抜いた。極太さにおののきながら、床に投げ捨てる。湿気のこもったバスルームに、ディルドが転がる重い音が響く。

自慰の道具を取りあげられた義母は、前屈みの体勢をやめた。上体をまっすぐに起こしたのだが、どういうわけか湯船の縁にのせた右足はそのままだった。よほど混乱していたのだろう。

股間を飾る黒いものが見えた。恥丘の上だけに生えた縦長の草むらは、エレガントとしか言い様がなかった。生えている面積は狭い。けれどもパイパンのように、いかにも「性器」という雰囲気でもなく、匂いたつような情感がある。

耕作の右手は、その部分に吸い寄せられていった。視線は義母の顔と股間を交互に行き来している。視線と視線がぶつかりあっても、お互いに言葉はなかった。義母は息をとめていた。耕作もそうだった。

「あううっ！」

中指が花びらの縁に触れると、義母は甲高い悲鳴をあげた。人間の手指が与える快感は、大人のオモチャとはまた違うのか、先ほどまで裏庭で聞いていたあえぎ声より一オクターブも高かった。

義母の花びらは濡れていた。直前までディルドで穿(うが)っていたのだから当然だが、いやらしいくらいヌルヌルだった。

耕作は中指を動かした。女の割れ目の上で、尺取虫のように這わせた。刺激すればするほど、義母の花は濡れていった。あっという間に指がひらひらと泳ぐほどになり、快楽に翻弄(ほんろう)された義母は耕作に抱きついてこようとした。

親愛の情を示す動きではなかった。ただ単に、立っているのがつらくなったようだったが、耕作は反射的に逃れた。なぜ抱擁に応えなかったのか、自分でもよくわからない。抱擁に応えるかわりに義母の体の向きを変えた。こちらに背中を向けさせ、両手を壁につかせて前屈みにさせた。

ボリューミーなヒップが、こちらを向いた。裏庭からのぞいていたときと似たような体勢だったが、間近で見るとすさまじい迫力だった。義母の尻は、まず大きかった。腰がくっきりくびれているので、よけいに大きく見えるのかもしれない。そして丸かった。男の体にはあり得ない、悩殺的な丸みを帯びていた。

「んんんっ……」

義母がくぐもった声をもらしたのは、耕作が尻の双丘に触れたからだ。まずは手のひらをぴったりと密着させ、尻の丸みを吸いとるように撫でまわす。あまりの魅惑的な丸さ、そして剝き卵のような肌の感触に呼吸ができなくなり、気がつけば夢中で撫でまわしていた。

この体勢は成功かもしれない。

衝動的に後ろを向かせたのだが、眼を合わさなくてすむから、欲望のままに振る舞える。ひとしきり尻の双丘を撫でまわしたあとは、ぐいぐいと揉みしだいた。乳房よりずっと弾力のある尻肉の感触に舌を巻きつつ、左右にひろげてやる。尻の桃割れの間から、セピア色のアヌスおよびアーモンドピンクの花びらが見える。尻の双丘を寄せたり離したりしていると、むっとする熱気が漂ってきた。女の発情を示すいやらしい匂いも、たっぷりと含まれている。

胸いっぱいに吸いこめば、男の本能を揺さぶられた。決していい匂いとは言えないのに、どういうわけか本能に直接響く。そして義母の匂いは、嗅ぎ慣れた愛華の匂いより、ずっと濃厚だ。

「あああああっ……」

後ろから女の花に右手の中指をあてがってやると、義母は身悶えながら声をもらした。その声には、後ろめたさや罪悪感も込められていたが、欲情のほうがずっと強く伝わってきた。

直前までオナニーしていたのだから、それも当然かもしれない。義母の股間を貫いていた透明のディルドは床に転がっている。耕作は忌々(いまいま)しい気分でそれを一瞥した。

こんなものを使って欲求不満を晴らしているなんて、許されないいやらしさだと思う。だが同時に、そこまで欲求不満を溜めこんでいるなら、自分がなんとかしてやらなくてはという義務感に駆られる。

淫らなまでにヌルヌルしている割れ目の上で指をすべらせ、合わせ目の上端をいじりまわすと、

「あうううーっ！　あううううーっ！」

義母は甲高い声をバスルーム中に響かせた。耕作の指はクリトリスをとらえていた。バックからまさぐっているので、視覚では場所や形を確認できない。しかし、指先ですぐに探しだすことができた。

義母のそれは、愛華より大きかった。愛華が米粒サイズだとすれば、義母のものは小粒の真珠ほどもありそうだったから、すぐに発見することができたのである。

「あああっ……はぁああああっ……くぅうううーっ！」

ねちねちと撫で転がしてやると、義母は身をよじりだした。反応がいいというか、とにかく動きがせわしない。しきりに腰をくねらせていたかと思うと、肉づきのいい尻や太腿をぶるぶると震わせる。時に爪先立ちにまでなって、こちらに尻を突きだしてくる。

耕作は手マンに自信があった。処女を奪ったときのマンぐり返しがいけなかったのか、愛華はクンニリングスが苦手だから、手マンばかりさせられている。だがおかげで、指先ひとつで彼女をイカせることができるようになった。十九歳の娘より敏感な性感帯をもつであろう義母のことだって、イカせることができるに違いない。

おまけに……。

自慰でディルドを咥えこんでいる義母であれば、クンニを遠慮することはない。ディルドはいいがクンニはダメとか、そんな理屈は通らない。むんむんと熱っぽくなっていくばかりのフェロモンに吸い寄せられるように、耕作の顔は尻の桃割れに近づいていく。

「ああっ、いやっ！」

花びらをペロリと舐めてやると、悲鳴にも似た声をあげた。だが、嫌がるにはタイミングが遅すぎる。耕作の右手の中指は引き続きクリトリスを撫で転がしているし、義母の体はそのリズムに合わせて淫らなダンスを踊っている。そんな状況で「いや」と言われても、説得力は皆無である。

ペロペロッ、ペロペロッ、と耕作は舌を動かした。義母の花びらはややくすんでいて、サイズも愛華よりずっと大きく、くにゃくにゃと縮れていた。これが熟女の色香なのか、どこもかしこもいやらしい。花びらを口に含んでしゃぶりまわせば、義母はひいひいと喉を絞ってよがり泣く。右手の中指でいじっている肉芽も、だんだん硬くなってきているような気がする。

手応えを感じた。

このままイカせることができそうだという……。

だがそのとき、

「ねっ、ねえっ……」

義母が声をかけてきた。振り返りはせず、うなじを見せたまま、華奢な双肩を震わせながら言った。

「ゆっ、指をっ……入れてくれない？」

耕作は衝撃を受けた。ほんの一瞬だが、頭の中が真っ白になってしまった。

いまの状況を俯瞰で眺めれば、こういうことになるだろう。義母の自慰を見て頭に血が昇った義息子が襲いかかってきて、彼女は戸惑いながらも彼の欲望を受けとめている――そういう状況であるはずなのに、指を入れてとは、いったいどういう了見なのだろう？　本来なら、義母が怒って平手打ちされてもおかしくはないのだ。そんなにも快感が欲しいのか？　頭に血が昇った義息子を、受け身でいなすことすらできないのか？

「ああっ、お願いっ……指を入れてっ……奥を掻き混ぜてほしいのっ……わたし、奥が感じるのっ……」

義母は相変わらずこちらを振り向かずにおねだりの言葉を継ぐ。眼を合わせないこの体勢は、図らずも義母のことを大胆にしてしまったらしい。

（いっ、いやらしいっ！　いやらしすぎるだろっ！）

耕作は脳味噌が沸騰しそうな思いで左手の中指を口に含んだ。手マンには多少の自信があったが、指入れに限ってはそうではなかった。愛華は指を入れても反応がいまいちだし、反対にクリトリスの反応がすごくいいから、必然的にそちらばかりを愛撫するようになった。

だが、入れてとねだられたならしかたがない。ずぶり、っと左手の中指を女の花に沈めると、

「はっ、はぁうううううーっ！」

義母は獣じみた声をあげて、体中を小刻みに震わせた。

「あああっ……とっ、届くっ……奥まで届くっ！」

なるほど、耕作の指は人より長かった。奥まで沈みこんでいる実感があった。中には濡れた肉ひだがびっしりと詰まっていた。それを掻き混ぜるように指を動かすと、義母は手放しでよがりはじめた。豊満な尻肉をぶるぶると震わせながら、剝きだしのうなじをみるみる生々しいピンク色に染めていった。

（いいのか？　そんなに気持ちいいのか？）

耕作は自分の愛撫に自信がもてなかった。左手の中指で肉穴の中を掻き混ぜながら、右手の中指ではクリトリスをいじりつづけている。女の性感帯を二点同時に刺激しているのだから、感じないことはないと思うが、そんなことはやったことがないのだ。

それに、耕作の指は、長さはあっても細い。完熟したボディをもつ義母に、これでは物足りないような気がしてならない。しかし、ペニスと違って、指の場合は細くても対処のしようがある。

「はっ、はぁうううううーっ！」

　義母が再び獣じみた声をあげた。耕作が指を追加したからだった。中指に加え人差し指――二本を肉穴に深々と埋めて、奥の奥まで掻き混ぜる。太さを増しただけではなく、二本になると指に力もこめられる。

「ああっ、いやっ！　ああああああっ、いやああああああーっ！」

　義母が切羽つまった声をあげた。

「イッ、イッちゃうっ！　そんなにしたらイッちゃうっ！　イクイクイクイクイクッ……はっ、はぁおおおおおおおーっ！」

　ビクンッ、ビクンッ、と腰を跳ねあげて、義母はオルガスムスに駆けあがっていった。顔が見えないのに、すさまじい色香が伝わってきた。体中の肉という肉を痙攣させている姿はいやらしすぎたし、イク直前から義母の体からは甘い匂いが漂ってきた。まるで熟れきった果実のような、たまらなく甘ったるい匂いだった。

第五章　セーラー服とゴールドビキニ

1

「おはようっ！　相変わらず寝ぼけた顔してるわねえ。受験生の誉れ？　夜なべしてお勉強もいいけど、夜更かしは体に悪いわよ」

愛華が耕作の前に座った。朝食のテーブルだ。以前は「ババくさい」と馬鹿にしていた義母の和風料理を、このところ文句も言わずに食べている。鼻歌でも歌いだしそうな顔で納豆を掻き混ぜては、ごはんにかけてガツガツと食べはじめる。

元気だった。

ここ最近の愛華を見ていると、生命力の輝きさえ感じる。ケーキ屋のバイトは順調みたいだし、それに加えてクッキングスクールにも通いはじめた。社会復帰の手応えがあるのだろう。今度こそ夢をつかんでやるという意気込みもあるのだろう。

長かった髪をばっさり切ったショートカットは、その決意の表れに違いない。なにしろ美人なのでどんな髪形でも似合いそうだが、ショートカットには躍動感がある。潑剌（はつらつ）として見えるし、すっかり露わになっている細く長く白い首筋からは、若々しい色香を感じる。

「ねえねえ……」

意味ありげな眼つきでこちらを見ると、声をひそめて言った。

「わたしたち、最近エッチしてないね？」

「おっ、おいっ……」

耕作は取り乱してしまいそうになった。義母はキッチンにいるから、声をひそめていれば聞こえないだろうが、いつやってくるかわからない。だいたい、どう考えても朝食の席に似つかわしい話題ではない。

「大丈夫、大丈夫」

愛華はキッチンのほうを一瞥すると、不敵な笑みを浮かべた。

「男の人ってさあ、エッチしないと溜まっちゃうんでしょ？　大丈夫なの？　ひとりで処理してるわけ？」

「なっ、なんなんだよ、朝っぱらから……」

耕作は憮然（ぶぜん）とした顔で答えた。

「僕はいま、受験に向けて大忙しなの。煩悩に負けるわけにはいかないの」

「へえ……」

愛華は瞼を半分落としたセクシーな表情をつくった。

「じゃあわたしが、今晩エッチしようって誘っても、断る？」

「……こっ、断るね」

「本当？」

「本当さ」

「つまんないの」

愛華は怒ったように唇を尖らせた。

「受験勉強で忙しいのはわかるし、絶対合格してほしいとも思うわよ。でもさあ、いいのかなあ、愛華ちゃんみたいに可愛い恋人を放置しておいたら、他の男に取られちゃうよ」

「はっ？」

耕作は愛華を二度見してしまった。いつから恋人になったんだ？　という言葉が喉元まで迫りあがってくる。言ってやることができなかったのは、愛華がうっとりした顔でこちらを見つめていたからだ。

恋する女の瞳——恋を知らない耕作でもそんなふうに思ってしまうほど、最近の愛華はようっとりした眼を向けてくる。うっとりしてキラキラしている。視線が合うと鼓動が乱れてしようがない。

（いったいどういうつもりなんだろうな……）

引きこもり生活をやめ、社会復帰に成功した彼女はモテるはずだった。最近はすっぴん隠しの伊達メガネにスウェット姿ではなく、朝食の席につくときには出かける準備を整えている。薄化粧もしていれば、華やかな服を身にまとっていることも多いから、耕作は眼のやり場に困る。露出度が高いわけではないが、正視できないほど綺麗なのだから、彼女がモテないわけがない。

それに、処女を失ったことで多少なりとも自信を得ただろうし、大人の男に物怖じしなくもなっただろう。彼氏ができるのは時間の問題だと思っていた。報告されたらつらいだろうなと思ったりするが、それが自然な流れだとも……。

だが愛華は、どういうわけか耕作に秋波(しゅうは)を送ってくるのだ。

「ニンジンぶらさげてあげましょうか？」

愛華が眼を輝かせて言った。

「えっ？　ニンジンってどういうこと？」

「志望校に見事合格したら、あんたと付き合ってあげる」

「はっ？」

「なによー。嬉しくないの？　暗い宅浪生から明るい大学生になるだけじゃなく、こんなに可愛い恋人までできるのよ。あんたの人生、来年の春がピークね」

「ちょっと……」

耕作は箸を置いて立ちあがると、愛華をうながして階段に向かった。いまにも義母がやってきそうな場所で、していい話ではなかった。さして広い家ではないから隠れるとまでは言えないが、階段の途中ならリビングよりマシだ。

「どういうつもり？　僕のことからかってるの？」

怪訝な顔で睨みつけると、

「からかってないでしょ」

愛華は余裕綽々な笑みを浮かべて、耕作の頭をポンポンと叩いた。愛華は耕作より背が低いが、階段を二段ほど上に立っていた。

「大学に合格したら、たくさんエッチしようって言ってるの。そういうニンジンが鼻先にぶらさがっていれば、実力以上の力を出せるかもしれないじゃない？」

しつこく頭をポンポンしながら言葉を継ぐ。

「なんで急にそんなこと……」

耕作は哀しげな眼で愛華を見た。

「べつに僕のこと好きだったわけじゃないでしょ？　それどころか、底辺だって蔑んでたよね？　完全に馬鹿にしてたというか……」

　頭をポンポンされるのが鬱陶しく、耕作も愛華と同じところまで階段をのぼった。視線と視線がぶつかりあった。愛華は黙したまま、上眼遣いでじっとこちらを見上げてくる。

「……好きになっちゃったの」

　恥ずかしそうに眼の下を赤く染めて言った。

「バイトしたり、クッキングスクール行ったり、友達と渋谷とかに遊びにいったり、最近のわたしって、急に世界がひろがった感じじゃない？」

「……ああ」

「はっきり言って、男が群がってきてるのよ。バイト先の先輩とか常連さんとか、クッキングスクールの先生とか、街を歩けばナンパの嵐……でもね、みんなわたしの体目当て。『一発やらせて』って顔に書いてある。最低でしょ？　誰がそんな男に引っかかるもんですか。馬っ鹿みたい……」

　愛華は唇を歪めて吐き捨てると、再び恥ずかしそうな上眼遣いを向けてきた。

「そうじゃなかったの、あんただけよ。ひとつ屋根の下で暮らすようになっても、いやらしい眼で見たりしなかったし、わたしがエッチに誘ったときも、断ろうとしたくらいだもんね？　ああっ、わたしって大事にされてたんだな、って気づいた。愛を感じちゃったっていうかさ……」

耕作はにわかに言葉を返せなかった。最初のセックスのときは、べつに彼女を大事にしたかったわけではなく、こちらも童貞だったので尻込みしただけだ。愛なんて感じてもらっては困るというか、ほとんど錯覚だと思うのだが、それをそのまま言葉にして伝えることはできなかった。

愛華が美人だからだ。美人はずるいし、ほとんど卑怯だ。性格に難があろうがなかろうが、彼女のように美しい女に「好きになっちゃったの」と言われ、舞いあがらない男なんていないだろう。

しかも彼女は、このところ次々とパワーアップアイテムをゲットし、美しさにブーストをかけている。

セックスを知ってほのかな色香をまとい、メイクや装い（よそお）はどんどん洗練されて、生命力を輝かせている。夢に向かってまっしぐらな躍動感がある。半年前、初めて会ったときと顔立ちやスタイルは変わらないのに、別人のようにキラキラと輝いている。

2

「行ってきまーすっ！」

リュックを背負って出かけていく愛華の後ろ姿を、耕作はぼんやりと見送った。

朝食の途中で突然された告白――はっきり言って、告白されたこと自体が生まれて初めてであり、心の準備もなにもなかったから、ほとんど放心状態に陥（おちい）っていた。食事を終え、二階の自室にこもっても、勉強する気になんてなれなかった。

愛華に告白されたことは率直に嬉しかった。

耕作にしても、愛華のことが嫌いではなかった。嫌いだったら、あんなに何回もセックスできるわけがない。肉体関係をもつようになって、可愛いところがあることがわかった。そもそもあれだけの美人に好きだと言われて、嬉しくない男なんているはずがない。耕作が大学に合格したら、晴れて恋人同士になるという彼女の未来予想図が実現したら、いままで冴えなかった人生にも春爛漫が訪れて、桜吹雪が舞い散ることだろう。

しかし……。

（ダメなんだ……僕にそんな資格はないんだ……）

苦悶のあまり両手で顔を覆い、髪を掻き毟った。それでも足りずにベッドに転がり、馬鹿みたいにのたうちまわった。後悔や自己嫌悪が怒濤（どとう）の勢いで押し寄せてきて、正気を失ってしまいそうになる。

三日前――あのときも正気ではなかった。

義母の過去、義母のオナニー、それもディルドを使った破廉恥すぎるやり方に心は千々に乱れ、頭はパニック寸前だった。判断力を失った中で、耕作を操ったのは悪魔だった。悪魔に取り憑かれていた。

そうとでも考えなければ、あの日の振る舞いは説明できない。耕作は本来、地味な草食系男子なのだ。入浴中の女をのぞき、あまつさえ悪戯までしてしまうなんて、あり得ない性格なのである。

しかも……。

義母を手マンで絶頂に導いたあとのことだ。足湯状態でよがり泣いていた義母の膝から下が真っ赤に染まっていることに気づいた耕作は、とりあえず湯船の栓を抜いた。

それから、スマホを取りだして義母に見せた。

「これ、薫子さんですよね？」

「えっ……」

義母は眼を真ん丸に見開いた。スマホの画面に映っていたのは、雪平麻里子の画像だった。乳首と割れ目だけをかろうじて隠すような極小ビキニ——しかも金色というとびきりエッチな画像である。

「どっ、どうしてっ……」

混乱に声を震わせる義母に、耕作は言った。

「さっき訪ねてきた人が言ってたじゃないですか。あれだけ大きい声で話してれば、僕の部屋まで聞こえてきますよ」

事実は階段の途中で盗み聞きしていたのだが、どうでもいいことだ。

「びっくりしましたよ、薫子さんがこんないやらしい人だったなんて」

「いっ、いやらしいって……ちょっとグラビアの仕事してただけで……」

「なにがちょっとですか？　こんなドスケベなエログラビア、見たことないですよ」

「そっ、それは……当時は大胆な水着が……流行(はや)ってたから……」

義母が苦しい言い訳をする。たしかに、コンプライアンスでがんじがらめになっている現在より、二十年前のほうがグラビアアイドルの露出についても寛容だったかもしれないが、そんなこともどうだっていい。

「父さんは知ってるんですか？」

耕作の言葉に、義母はハッと息を呑んだ。また眼を真ん丸に見開いたが、すぐに眼尻を垂らして、すがるようにこちらを見てきた。

「なっ、内緒にして……もらえる？」

「知らないんですね？　父さんは」

義母がコクッと小さくうなずく。

「でしょうね。父さんはふしだらな格好をしている若い女が大嫌いですから。テレビにミニスカートのアイドルが出てきただけでチャンネル変えちゃうような人なんですよ。スカートがめくれたって、見せパンが出るだけなのに……」

義母は気まずげに眼を泳がせている。

「なのに、自分の妻がこんなことしてたって知ったらショック受けるだろうなあ。あの人、怒るってことができないから、泣きますよ。毎晩、枕を涙で湿らせますよ。いや、それどころか……」

耕作は言葉を切って義母を見た。意味ありげな沈黙が、義母の美貌をみるみるこわばらせていく。

「嫌われちゃうかもしれないですね？」

義母は絶望の表情でよろめき、壁に手をついた。彼女は裸だった。豊満すぎる巨乳も、四十路（よそじ）にしては清らかすぎるピンク色の乳首も、股間に煙る黒い草むらさえ見えていたが、隠すどころではないくらいショックを受けているようだった。

「それに……」

耕作は笠にかかってたたみかけた。

「メディアで破廉恥な格好をしていただけじゃなくて、もっと悪いこともしてたんじゃないですか？」

「……なっ、なんのこと？」

義母が怯えきった眼を向けてくる。

「さっきの社長ですよ。いくら会社が窮地に陥ってるからって、二十年近く前の所属タレントに、復帰を懇願しにきたりしますか？　普通じゃないですよ。つまり、薫子さんとあの社長は、普通じゃない関係だったんじゃ……」

「違うっ！」

義母は全力で首を横に振った。

「そういうのって、週刊誌は面白がって書きたてるけど、芸能界はそこまで汚れた世界じゃありません。わたしなんてそれほど売れてなかったから、地方のイベントまわってる地道な毎日だったもの……」

「そうかもしれません。事実はそうかもしれませんよ……」

耕作は余裕綽々でうなずいた。

「でも、父さんはどう思いますかね？　若い女の子を裸にする女衒みたいな商売してる人が、所属タレントに手を出さないって信じますかね？」

「ねえ、耕作くん……」

義母はいまにも泣きだしそうな顔でこちらを見た。

「黙ってて、もらえない？」

耕作は義母の顔を見つめるばかりで言葉を返さなかった。四十路にして、こんなにも可愛い上眼遣いができることに感心していた。

「わたしね、耕一さんのことを本当に愛してるの。彼と出会って、本当の愛を知ったって思ってるくらい……嫌われたくないの。ましてや別れるなんてことになったら、わたしもう、生きていけない！」

「本当の愛？」

耕作はふっと笑った。

「じゃあ、どうして僕の手マンでイッたんですか？　本当の愛って、そんなに簡単に欲望に負けるんですか？」

義母の顔がぐにゃっと歪み、

「意地悪言わないでよおーっ！」

両手で耕作の双肩をつかんできた。

「耕作くんだって、悪いことしてたでしょ？　わたしがお風呂入ってるの、のぞいてたんでしょ？　わたし、誰にも言わないわよ。死ぬまで絶対秘密にする。ね、そうしよう？　ふたりだけの秘密……」

義母が双肩を揺さぶると、ふたつの胸のふくらみがタプタプと揺れる。シリアスなシーンのはずなのに、巨乳のせいでいやらしいムードが払拭できない。

「わたしほら、娘しかいないから、若い男の子のことよくわからないけど……」

義母は双肩をつかんでいた手の片方を、耕作の股間に伸ばしてきた。耕作は勃起していた。ズボンを突き破りそうな勢いで硬く膨張していた。白魚（しらうお）のような手指で、ズボン越しにそっと包まれた。

「こうなっちゃうと苦しいのよね？　べつに変なこと考えてるとかじゃなくて、十代の男の子なんて、生理現象としてすぐ勃（た）っちゃうんでしょ？　すっきりさせてあげる。あなたが秘密を守ってくれるなら、なんでもしてあげる……」

すりっ、すりっ、と股間を撫でられると、耕作は言葉を継げなくなった。気が遠くなりそうなほど気持ちよかった。ズボン越しにもかかわらず、愛華のフェラより気持ちがよかったくらいだ。

（最低でもフェラチオ、最高ならセックス……）

そんな言葉が脳裏をよぎっていく。どこをどう見ても、これはやれる状況だった。義母は素肌という素肌、恥部という恥部をさらしているし、そもそも耕作の手マンで一度イッている。

そこまでされてしまったのだから、いっそベッドインをして口止めをしようと義母が考えたとしても、誰にも責められないだろう。耕作の父が若い女のふしだらな格好を嫌っているのは本当だし、おそらく義母もそのことを知っている。知っているから、過去について話せなかったのだ。父に嫌われたくないのなら、ここは体を張ってでも秘密を守るしかない……。

「ねえ……」

義母が潤んだ瞳で見つめてくる。

「あなたの部屋に行かない？　あなたの部屋のベッドに……」

耕作はにわかに言葉を返せなかった。義母の眼つきは義息子を見るものではなかった。完全に女のスイッチが入っていた。瞳が溺れそうなほどうるうるの眼がいやらしすぎて、視線をはずせない。手マンでイッたばかりの裸身からは、男の本能を揺さぶる甘ったるい匂いが漂ってくる。おまけに彼女の右手は、耕作の股間にある。すりっ、すりっ、と撫でる手つきも熱を帯びてくる。

「わたし、避妊リングが入ってるから、生で入れて中出ししても平気なのよ……」

眼もくらむような殺し文句だった。

しかし、耕作は義母の誘いには乗らなかった。

悪魔に取り憑かれていたとはいえ、まだどこかに良心が残っていたのかもしれない。さすがにセックスまでしてしまうのはまずい、という。

怖かった、と言ったほうが正確だろうか？　耕作はすでに、娘の愛華と肉体関係を結んでいた。そのうえ母親ともそういう関係になってしまうのは、いくらなんでも人間失格ではないかと……。

だがその一方で、悪魔的な想念も脳裏にチラついていた。性器の結合を回避して良心を守りつつ、けれどももっといやらしいことができるのではないかと閃いてしまった。

「待ってください」

耕作は義母の肩を押さえて後退り、股間の愛撫から逃れた。そこを刺激されつづければ、冷静さを失っていくばかりだ。

「どうしたの？」

義母が不思議そうに首をかしげる。

「遠慮しないでいいのよ。すっきりさせてあげる。耕作くんとわたし、秘密で結ばれた仲じゃないの……」

甘い口調でささやきながらも、わたしの誘いを断るなんてあり得ない、と義母の顔には書いてあった。おそらく、いままでひとりもいなかったのだろう。彼女がその気になっているのに、ベッドインを拒んだ男なんて……。

逆に燃えた。ならば最初のひとりになってやるとばかりに、耕作は不敵な笑みをこぼした。

「さっき、なんでもしてあげるって言ってましたが……」

「言ったわよ、嘘じゃないわよ」

半開きにした唇の内側を、舌先でなぞっていく。そのエロティックな仕草に、耕作はカチンときた。そう、彼女はエロすぎる。家の中なのにセクシーな服を着たり、そうかと思えばオナニーばかりしていたり。母としての自覚が足りなすぎる。

しかも、ひと皮剝けば、自信満々でベッドに誘ってくるふしだらさだ。日常生活でそういうところは見せないが、本性は娘の愛華とそっくりだと思った。

モテない男のひがみかもしれないが、耕作は自信満々な女が嫌いだった。結局は義母も美人を鼻にかけていたのかとがっかりする。

(そういう女には……罰を与える必要があるな……)

耕作は義母をジロリと睨むと、

「なんでもしてくれるなら、いまから言うものを手に入れてください。高いものじゃなくていいし、通販で買えると思いますから……」

耕作がなにを手に入れてほしいかを伝えると、義母は顔色を失った。美貌を凍りつかせて、グラマーなボディをぶるぶると震わせはじめた。

3

コンコン、と扉が叩かれた。

ベッドの上でのたうちまわっていた耕作は起きあがり、扉を開けた。

義母が立っていた。青ざめた顔で、気まずげに眼をそらして……。

「さっき、宅配便が来て……」

宅配便が来た気配は耕作も察していた。午前中に呼び鈴が鳴ると、たいてい宅配便だからだ。

「言われたもの、届いたけど……」

「そうですか……」

耕作は大きく息を吸いこんだ。時刻は午前十一時を少し過ぎたところだった。愛華は今日、クッキングスクールがない日のはずだが、それでもバイトが夕方まであるので、帰宅は午後六時ごろだろう。

時間はたっぷりとある。

耕作の魂（たましい）が、再び悪魔に浸食されていく。

「じゃあ、着てくださいよ」

冷たく突き離すように言った。

「着替えてから、出直してきてもらえますか？」

「……やっ、やさしくしてね」

蚊の鳴くような声で、義母が哀願してくる。

「あんまり意地悪されたら、わたし、泣いちゃうから……」

子供じみた脅迫の言葉を残し、義母は階下におりていった。寝室が一階にあるからだ。夫婦の寝室だが、いまはもちろん、義母がひとりで使っている。

十分ほど、待った。

耕作はそわそわと落ち着かなかった。落ちつくわけがない。この三日間、待ちわびていた瞬間がついに訪れるのだ。

勃起しきった状態でフェラやセックスを回避するのは、十九歳の男子にとってすさまじい苦行である。我慢できずに義母の誘惑に負けてしまう可能性もあったのに、耕作は我慢した。その見返りは少なくないはずだった。いまさっきの義母の青ざめた顔を思いだせば、期待に胸がふくらんでいく。青ざめているということは、これからたまらなく恥ずかしい展開が待っているということだから……。

コンコン、と再び扉が叩かれた。

「どうぞ」

耕作が声をかけると、ドアが開いた。五センチほどだ。義母の姿は見えない。焦れた耕作は、自分で扉を開けた。

(うおおおおーっ！)

思わず胸底で雄叫びをあげてしまった。

義母はセーラー服に身を包んでいた。白い長袖の上着に赤いスカーフ。紺の襞スカートは膝上の丈で、かなり短い。膝から下を飾っているのは、紺のハイソックスだ。ネットで掘ることができた雪平麻里子の画像は、大胆な水着やセクシーランジェリーを着けた肌色路線がほとんどだったが、そうでないものも含まれていた。ファッション雑誌に載ったモード系のものや、バラエティ番組に出演したときのキャプチャ画像だが、一枚だけセーラー服を着たものが含まれていたのだ。

珍しく、清楚に映っていた。

いや、義母はもともと清楚な顔立ちをしている。黙っていれば美しく上品でエレガントなのに、表情や仕草が色っぽすぎるのと、類い稀な巨乳のせいで、どうにもエロスが過多になってしまうのだ。

だが、そのセーラー服の画像は、色っぽい表情や仕草を封印し、胸も小さく映っていた。おそらく、さらしで巨乳を潰している。清純路線の若い女優がよく使う手だが、エロくてなんぼのグラビアアイドルが、そういう写真を撮るのはレアだろう。

どこか思いつめたような表情でまっすぐにカメラを見ているその写真は、耕作にとってもっとも好きな一枚になった。清楚な雰囲気も大好きだが、中高を男子校で過ごしたせいで、セーラー服が劣情のアイテムの最右翼という理由もある。

出身校の近くには女子高が三つもあり、駅や通学路では様々な制服を拝むことができた。ブレザーやチェックのスカートも可愛かったが、耕作は断然、クラシカルなセーラー服派だった。同じ女の子でも、セーラー服を着ていると五割増しで可愛く見えると思う。もっとも、彼女たちに声をかけたことは一度もなく、満員電車などで偶然体を押しつけることになったりすると、ジロリと睨まれる淋しい青春を送ってきたのだが……。

「へっ、変じゃない？」

義母がもじもじしながら部屋に入ってきた。

「これ、安っぽいでしょう？　本物の制服じゃなくて、コスプレに使うやつみたいだから……」

「本物の制服なんて買ったら、高くてしょうがないですよ」

耕作は鼻で笑った。義母が着ているのは、正確にはコスプレ用ではなく、コスプレセックス用のものだろう。いやらしいプレイをするための小道具であり、二、三千円で買うことができる。

義母はしきりに恥ずかしがっているが、偽物には偽物のよさがある、と耕作は思った。上着の白い生地がひどく薄い。いまにも透けそう感じが、妙に淫靡なのだ。しかも、着ているのは四十路の熟女である。掃除や洗濯をしていても色気を隠しきれないくらいの人だから、清らかさの象徴であるセーラー服と強烈なハレーションを起こしている。

「もういいかな？」

義母が上眼遣いで訊ねてきたので、

「はっ？」

耕作は首をかしげた。

「これを着てるところを見せたら、わたしの過去については全部忘れてくれる約束よね？　もう下に戻っていい？」

「いいわけないじゃないですか」

耕作は険しい表情で、鏡にかかった布を取った。義母が着替えている間に、愛華の部屋から拝借してきた全身が映る姿見である。

「もっとじっくり楽しみましょうよ、ほら鏡でも見て……」

「いやよっ……」

義母は両手で自分を抱くようにして、いやいやと身をよじった。色気は呆れるほどすごいのに、本物の女子高生みたいなブリッ子だ。

「ほら、こっちに来て」

耕作は、義母の後ろから双肩をつかむと、鏡の前に立たせた。セーラー服姿の自分と対面し、義母の美貌がみるみる赤く染まっていく。

「こっ、耕作くん、そんなにわたしに恥をかかせたいの？」

「そうかもしれませんね」

耕作は鷹揚（おうよう）にうなずいた。

「この家で一緒に暮らしはじめてから、ずっと思ってたんですよ。薫子さんは、ちょっと大胆すぎるって。家の中に男がいるのに、羞じらい深さが足りないって。泣きそうなくらいの赤っ恥をかけば、それも治るんじゃないですかね」

ディスカウントショップの袋から、あるものを取りだした。昨日わざわざ新宿まで行って買ってきた電気マッサージ器である。

「なっ、なに？」

義母の美貌が凍りついた。

「いやあ、こういうの好きなんじゃないかと思いましてね。だってほら、この前はすごい極太ディルドでオナニーしてたじゃないですか」

「ううう……」

義母が唇を嚙みしめ恨みがましい眼を向けてくる。彼女が忘れてほしい過去は、二十年近く前の芸能活動についてだけではない。近々にも盛大にやらかしている。弱味が多い女は、扱いやすくていい。

耕作は電マのコードをコンセントに繫いだ。金欠もいいところなのに、こんなものを買ってしまったのは、丸腰では義母に勝てると思えなかったからだ。手マンには多少の自信があるとはいえ、相手は極太ディルドで股間を穿っていた人である。経験不足の自分にはなにか武器が必要だし、武器ならば電マに決まっていると思った。ローター、ヴァイブ、ディルド——大人のオモチャにもいろいろあれど、ネットで調べると誰もが電マ最強説を唱えている。ＡＶを観ていても、ラスボスとして登場する大人のオモチャはたいていこいつだ。

「ククク……」

喉の奥で笑いながら、電マのヘッドを義母に近づけていく。スイッチはまだ入れていない。それでも義母の顔は歪んでいく。

「使ったことありますか？」

「あるわけないでしょ！」

「そういう嘘、もうやめましょうよ。極太ディルドでずぼずぼやってた人が、そんなこと言ったって信じられませんよ……」

「あっ、あれは……酔ってスマホをいじってるとき、間違ってポチッちゃってぇ……買っちゃったから、一回くらいは使ってみようかなーって……一回しか使ってないのにぃ……そんなにいじめなくてもぉ……」

「さすが元芸能人、言い訳だけは饒舌だ」

おまけに舌っ足らずのブリッ子口調になっている。

耕作は電マのスイッチを入れた。ブーン、ブーン、と低い音をたてて、ヘッドが振動しはじめる。

「約束は守りますよ」

怯えきっている義母の耳元で、そっとささやいた。

「薫子さんの過去の芸能活動も、事務所の社長とやぶさかじゃない関係だったんじゃないかって疑惑も、風呂場でオナニーばっかりしていることも、僕の手マンでイッちゃったことも、絶対に口外しませんから……」

「ううう……ううううっ……」

鼻先に振動する電マのヘッドを近づけていくと、義母は大げさに身をすくめた。

三日前、耕作が彼女に出した条件は、セーラー服を着た状態で好き放題にもてあそばせてもらう、というものだった。セーラー服を着ているところを見せればすむ、という話ではない。彼女に赤っ恥をかかせ、いやらしすぎることに対して罰を与える儀式は、まだ始まったばかりだった。

4

「いきますよ……いっちゃいますよ……」

振動する電マのヘッドを、ド迫力で前に迫りだしている巨乳の先端に近づけていく。まだフェイントにもかかわらず、義母はハアハアと息をはずませ、身をよじりはじめる。

これは電マの威力を知っている反応ではないのか？　──またひとつ疑惑が浮上してきた。いやらしすぎる彼女のことだ。知っていても少しもおかしくない。

「あううっ！」

電マのヘッドがふくらみの頂点に触れると、義母は鋭い声を放った。オナニーのときよりずっと大きな声だった。電マの威力が強烈なのか、もはや誰かに見つかる心配はないと開き直っているのか、乳首のあるあたりを交互に刺激するほどに、声量は大きくなり、声質はいやらしく歪んでいく。

「しっかり鏡を見てくださいよ」

義母の耳元でささやいた。耕作は彼女の後ろに立っているので、姿見には義母の全身が映っている。

「普段はニコニコ笑っていても、これが薫子さんの本性ですよ。薫子さんがいやらしすぎるから、僕までおかしくなっちまった……」

右左、右左、と乳首を責めては、たっぷりした裾野にも振動を送りこむ。さらしなんて巻いているはずがないので、白い上着のなかでたわわに実った肉房が揺れる。

大きすぎる乳房は、男に対しては強力なセックスアピールとなるが、女にとってはコンプレックスでもあるらしい。可愛い服がたいてい似合わないし、肩は凝るし、なにより痴漢のターゲットになりやすく、巨乳に生まれてよかったと思っている女のほうが少ないという説もある。

その部分を電マで執拗に嬲（なぶ）られて、義母の顔は早くも真っ赤に染まっていた。身をよじる動きもとまらない。だが、コンプレックスであろうがなかろうが、そこは女の性感帯でもある。清楚な美貌が赤く染まっているのは、羞じらいのせいばかりではなく、感じはじめているのを隠しきれない。

「気持ちいいですか？」

耳元でささやきかけると、

「気持ちよくなんかっ……」

義母は鏡越しに睨んできたが、電マのヘッドが巨乳の先端にあてがわれると、美貌がぐにゃりと歪んだ。いまにも泣きだしそうな顔であんあんと声を振りまき、腰をくねらせて卑猥なダンスを披露する。

耕作は右手で電マを操り、ふたつの胸のふくらみを刺激しながら、左手を義母の腰に近づけていった。そこには上着のファスナーがある。ちりちりとあげていくと、白い素肌が見えた。インナーは着けないようにという耕作のリクエストを、律儀に守ってくれたらしい。

耕作がしたリクエストは、セーラー服の他にもあった。ファスナーを上まであげ、上着をめくると、たっぷりとした乳房の裾野が見えた。ノーブラなのではない。ネットで掘りだした雪平麻里子のゴールドビキニの画像――それに似たものをセーラー服の下に着けてきてほしいと言ったのである。

「もっ、もうやだあっ！」

鏡に映った自分の姿を見て、義母は涙声をあげた。四十路のセーラー服、しかも下にはゴールドビキニ――義母はもはや、男の眼福だけに奉仕する卑猥なセックスドールだった。

しかも、である。ゴールドビキニのブラジャー部分は、極端に小さな三角形だった。誇張ではなくイチゴくらいのサイズで、乳暈(にゅううん)がそこからはみ出していた。色は綺麗なピンク色でも、巨乳の彼女は乳暈が大きめだった。

十九、二十歳のころの画像では、なにも問題はなかった。もしかすると画像を加工してあるのかもしれないが、はみ出しているようには見えない。

だがいまは……。

「やばいですよ……」

耕作は血走るまなこでそれを見た。生身もいやらしかったが、鏡に映っている姿もかなりのエロさで、呑みこんでも呑みこんでも口の中に生唾があふれてくる。

「こんなの水着の意味、ないじゃないですか。見えてるんだから……」

「あなたが着けろって言ったんでしょ！」

義母は完全に泣きそうだった。

「まあ、そうですけど……意味はあるか。着けているほうが、着けてないよりエロい水着なんて、見たことないもんなあ……」

耕作が振動する電マのヘッドを片方の乳首にあてがうと、

「あううううーっ！」

義母はのけぞって声をあげた。腰が反り返り、両脚がガクガクと震えている。これ以上なく屈辱的な目に遭っているのに、ちょっとの快楽でそれは霧散していくものらしい。

「ああああーっ！　はぁああああーっ！　はぁあああああーっ！」

左右の乳首を交互に刺激してやると、あえぎ声がとまらなくなった。時折、涙眼を歪めて鏡越しにこちらを睨んでくるが、電マの威力の前では虚しい抵抗だ。

やがて、黄金に輝く三角形がずれていき、物欲しげに尖った乳首が全貌を現した。

ブラジャーのようにホールドしているわけではないので、振動する電マをあてがいつづけていると、位置が簡単にずれていった。

（これは……マジでエロすぎるよ……）

耕作は、義母とのセックスを我慢した三日前の自分を褒めてやりたかった。お色気むんむんのうえに欲求不満をもてあましている義母が相手であれば、いままで最高のセックスを経験できたかもしれないが、ここまでの眼福、ここまでの興奮を味わうことはできなかっただろう。

しかも、本丸にはまだなにもしていないのだ。満を持して股間に電マを近づけていこうとして、面白いことに気づいた。耕作は義母の上着を左手でめくりあげていたのだが、手を離しても類い稀な巨乳に引っかかって下にずり落ちてこなかった。貧乳にはあり得ないことだろう。上着を押さえていないでいいとなれば、左手には別の仕事をさせることができる。

紺の襞スカートのフロント部分を指でつまみ、めくりあげた。義母が襞スカートの下に着けていたのもまたゴールドビキニ——女の割れ目だけをかろうじて隠すサイズの、卑猥すぎるTフロントだった。こんなものを着けて泳いでも一発で脱げてしまいそうだから、これもまた男の眼福に奉仕するだけのアイテムである。

「みっ、見ないでっ……」

義母が鏡越しに睨んでくる。唇を噛みしめて、ひどく恥ずかしそうな顔をしている。可哀相と言えば可哀相だったが、見ないわけにいくはずがなかった。こんもりと盛りあがった恥丘にぴったりとくっついた金色の布地は、テラテラとした光沢を放って、まるでその下にお宝が眠っているのを示しているかのようだ。

「いきますよ……」

振動する電マのヘッドを股間に近づけていくと、

「ううう っ……」

義母はぎゅっと太腿を閉じた。太腿は呆れるほどむっちりと張りつめ、X脚になった両脚は紺のハイソックスで飾られている。そして股間に食いこんでいるのは、金色に輝くTフロントのビキニパンティ……。

「あううううーっ！」

振動する電マのヘッドを股間に押しつけると、義母はしたたかにのけぞった。後ろに耕作が立っていなければ倒れてしまうような勢いだったが、バックハグでしっかりと抱きしめてやる。

「あううううーっ！　はぁううううーっ　はぁうううううーっ！」

義母は断続的にあえいでいる。耕作が断続的に電マのヘッドをあてているからだ。三秒以上はあてないよう、慎重に右手で操る。

電マでオナニーするとすぐイッちゃう——ネットに散見する女性向け赤裸々コラムで、そういう意見をよく見かけた。

彼氏の手マンじゃイケないけど、電マなら一分かからない。クンニは愛情を確かめるもの、イキたいときは電マ。電マでイケない女はいない、これ本当……。

電マとはかくも強烈な武器なのかと耕作は舌を巻いたが、ネガティブな意見もなかったわけではない。

電マだとすぐイッちゃうから、あえて使わないようにしている。電マを使いすぎるとアソコが馬鹿になりそう。電マでしかイケない女とかやばくない？

つまり、気持ちがよすぎて使っているのが怖くなるような道具が、電マなのである。

電マ初心者の耕作は、肝に銘じることにした。電マの快感は強烈だが、強烈すぎるきらいもある……。

「ああっ、いやあああーっ！　いやあああああーっ！」

実際、三秒間に満たない刺激を断続的に与えているだけで、義母は長い黒髪を振り乱してあえぎにあえいでいる。いやと言いつつも淫らなまでに腰をくねらせ、露わになった巨乳をタプタプと揺れはずませて、よがりによがる。

「ダッ、ダメッ……ダメだからっ……そんなにしたらダメえぇえぇえーっ！」

全身を弓なりに反らせ、耕作に寄っかかっていた義母の体は、ガクッと崩れ落ちそうになった。立っていられなくなったらしいが、これほどの眼福を簡単に手放す気にはなれなかった。立ったままよがり泣く義母の姿は、正面の姿見に映っている。四十路にしてセーラー服をまとい、あまつさえ卑猥すぎるゴールドビキニさえチラつかせて、後ろに立っている十九歳を悩殺してくる。

「しゃがまないでくださいよ」

義母が崩れ落ちそうになった瞬間、耕作はビキニパンティを引っぱりあげた。金色のTフロントが股間に食いこみ、義母はしゃがむことができなくなった。それどころか、食いこんだ刺激で全身が伸びあがった。

「ああっ、いやあああーっ！　いやいやいやいやいやあああああーっ！」

快楽と恥辱に揉みくちゃにされている義母の股間に、耕作はTフロントを食いこませ続けた。クイッ、クイッ、とリズムをつけて引っぱりながら、振動する電マのヘッドをクリトリスのあたりにあてがう。三秒未満の断続的な刺激で、義母をとことん翻弄してやる。

「ダッ、ダメッ……ダメだからっ……そんなにしたらイッちゃうからっ……イッちゃうからああああーっ！」

義母が切羽つまった声をあげても、耕作は動じなかった。

心配することはない。

そう簡単にはイカせることはない。

いやらしすぎる義母を罰する方法を、耕作は用意してあった。イキたくてもイケない寸止め生殺し地獄――彼女の娘に教わったやり方だ。

5

どれくらい時間が経ったろう？

十五分か二十分か、時計を見たらあんがい短い時間かもしれないけれど、義母にとっては永遠にも感じられるほど長い時間だったのではないだろうか？

義母の様子は無残に変わり果てていた。

そもそも、四十路にセーラー服、その下はゴールドビキニ、さらに巨乳まで露わにされて電マで義理の息子に責められているのだから、かなり屈辱的な状況と言っていいだろう。それに加えて、延々と続く寸止め生殺し地獄なのだ。イキそうでイケない宙吊り状態にさらし抜かれた義母の長い黒髪はざんばらに乱れ、左右の乳首はいまにも爆ぜそうなくらい尖りきって、腰を動かすのをやめることができない。

耕作もやられた経験があるからよくわかるが、出したくても出せないあの状況はまさに地獄だった。頭の中が射精一色に染まりきり、他のことはなにも考えられなかった。羞恥心を捨て、プライドを捨て、涙ながらに射精を求めても叶えられない絶望感の中、それでも射精を求めて腰を動かし、滑稽なダンスを踊りつづける……。

「あああっ……あああああっ……」

呆けたような顔で鏡越しにこちらを見ている義母もいま、同じような状況に違いなかった。しかし、あっさりと愛華に射精を求める哀願を口にした耕作に対し、義母である彼女は気丈だった。羞恥心やプライドを、まだ完全には捨てきっていなかった。頭の中はオルガスムス一色なはずなのに、それを求める言葉を決して口にしていない。

とはいえ、体は正直だった。悪魔と化した義息子の軍門にくだるわけにはいかないといくら心で強く思っても、体は快楽を求めてやまない。

「いい格好ですよ」

耕作は義母の耳元でささやいた。

「眼を開けて鏡をよく見てくださいよ。こんないやらしい格好をしている女、見たことがない」

「ううう……」

眉間に深い縦皺を刻んで眼を閉じていた義母は、一瞬だけ薄眼を開けたが、すぐに鏡から眼をそらした。

先ほどまで、義母は両脚を閉じていた。左右の太腿をもじもじとこすり合わせることで、なんとか刺激に耐えようとしていたが、いまは違う。

両脚をガニ股に開いていた。三秒未満で離されてしまう電マの刺激を少しでも深く味わうためだろうが、そのいやらしすぎる格好には見覚えがあった。

耕作が初めて義母のバスルームオナニーをのぞいたとき、彼女は立ったままガニ股で果てたのだ。それまでほのかに抱いていた親愛の情をぶち壊すような、ドスケベすぎるイキ方に幻滅した。

それがいま、目の前で再現されていた。オナニーではなく義息子の電マ責めによって、ガニ股を披露せずにはいられないところまで追いつめられていた。

「イキそうなんでしょ？」

耳元でそっとささやく。

「イカせてって可愛くおねだりすれば、イカせてあげてもいいですよ」

「そっ、そんなっ……」

義母は汗まみれの美貌を左右に振った。

「イッ、イキたくなんてないものっ……イッ、イキそうだけどっ……それはあなたがそうしてるんであってっ……わたしはイキたくなんてっ……」

「へぇぇ……」

ガニ股姿にまで追いこまれているのに、おねだりを拒む義母に耕作は感心した。いや、感動さえしていた。だが一方で、内心でメラメラと燃えあがるものがあった。ここまできて意地を張る義母であれば、おねだりの言葉を吐かせたときの満足感は、すさまじいものなのではないか？

「立ってるのつらそうですね……」

耕作はわざとらしいほどやさしい声で言い、義母をしゃがませた。鏡に向かって四つん這いになるよううながし、金色のビキニパンティを脱がした。

「やっ、やめてっ……」

義母は羞じらいに身をよじったが、

「ふふっ、この前一度見られてるじゃないですか……」

耕作はごくりと生唾を呑みこんだ。鼻で笑ってやろうと思ったが、笑えなかった。尻を突きだした格好なら、たしかにこの前も見た。手マンでイカせたときだが、あのとき義母は立っていた。

四つん這いになると、突きだされた尻の迫力が倍増した。丸みもボリュームも見違えるようにアップして、男心を揺さぶってくる。四つん這いのほうがより大胆に尻を突きだせるから、桃割れの間に隠れたアヌスや花びらもしっかり見える。

（なんていやらしい尻なんだ……）

眼福に酔いしれずにはいられなかった。しかし、電マはスイッチオンの状態を保っている。ヘッドがブンブンと振動して、女を責めろと訴えている。

耕作はそれを右手から左手に持ち替えた。もちろん、右手に別の仕事をさせるためだった。中指と人差し指——二本を揃えて唾液をつける。義母の花はそんな必要もないほど濡れていたが、唾液を潤滑油にして肉穴の中に挿入していく。

「うっ……くっ……」

ずぶずぶと奥に入っていくと、義母はくぐもった声をもらした。あきらかに声をこらえていたが、いつまで我慢できるか見ものだった。完熟しきった義母のボディは、肉穴の奥が最高に感じるのだ。この前も、奥を掻き混ぜはじめたら、あっという間にゆき果てた。

「あああっ……あああああっ……」

二本指で、ぐりんっ、ぐりんっ、と濡れた肉ひだを攪拌（かくはん）してやると、義母は鏡越しにこちらを見てきた。きりきりと眉根を寄せた表情がいやらしすぎて、二本指の動きも熱を帯びていく。

さらに耕作は、左手に持った電マを股間に近づけていった。振動するヘッドをクリトリスにあてがってやると、

「はっ、はぁうううううううう―っ！」

義母は眼を見開いて絶叫した。

「ダッ、ダメッ！　それはダメッ！　そんなの許してええええ―っ！」

心配しなくても、電マでクリをいたぶるのは、いままで通り三秒未満である。それでも、肉穴の奥を同時に責めているから、刺激の質は先ほどまでとは段違いだろう。ぐりんっ、ぐりんっ、と濡れた肉ひだを掻き混ぜながら、耕作は義母の反応をうかがった。上壁にあるざらついた凹（へこ）みを押してやると、義母は長い黒髪を振り乱してよがりによがった。

「はっ、はぁうううううううう―っ！　はぁうううううううう―っ！」

さらに振動する電マのヘッドをクリトリスにあてがってやれば、ほとんど半狂乱でよがり泣く。鏡に映った美貌をくしゃくしゃに歪め、喜悦に歪んだ声を部屋中に反響させる。肉穴の奥から新鮮な蜜があふれだし、二本指を動かすと卑猥すぎる肉ずれ音がたつ。

ずちゅっぐちゅっ、ずちゅっぐちゅっ、とわざと大きく音をたてても、義母は羞じらうことさえできない。敏感な肉芽に電マをあてがわれているときは半狂乱でよがり泣き、離されるとハアハアと息をはずませながら次の刺激を求めて身構える。

義母はイキたがっていた。

だがもちろん、耕作にイカせるつもりはない。オルガスムスの予兆が伝わってくれば、一秒で電マを離す。肉穴の奥だけをねちっこく掻き混ぜる。そちらの刺激でイコうとすれば、二本指を半分抜いてしまう。浅瀬だけをくちゃくちゃといじりまわし、義母をどこまでも焦らし抜く。

陶酔の時が訪れた。

義母はもう、「ダメ」とか「いや」とか言葉を口走ることさえできず、ただ寸止め生殺し地獄に悶絶するばかりだった。一方の耕作も、義母を責めることに没頭しきっている。鏡に映った顔は義母と同じくらい紅潮しきって、鬼のように険しくなっていた。あられもない色責めで義母を嬲っていることに、興奮しきっていた。義母を軍門にくだらせたかった。こんなにもいやらしい生き物を、家の中で放し飼いにしておくわけにはいかなかった。

「もっ、もう許してっ……」

鏡越しに義母が声をかけてきた。あり得ないほど浅ましい顔をしていた。潤みきった両眼からは涙をこぼしていたし、半開きの唇からは涎を垂らしていた。小鼻を赤く染めて、鼻の下を伸ばし、酸欠の金魚のようにパクパクと口を動かしている。

「もうイカせてっ……イッ、イカせてっ……くださいっ……」

待ちに待ったおねだりの言葉だった。義母はいま、肉欲に屈して羞恥心やプライドをかなぐり捨ててしまったのだ。そこまで追いこんだら許してやろう、と耕作は考えていた。望み通りにイカせてやり、いや、電マパワーで何度も何度もイキまくらせて、風呂場でこっそりオナニーなんてしないですむようにしてやろうと……。

だが、耕作は電マのスイッチを切った。肉穴に埋めた二本指も抜き、ベルトをはずした。ズボンとブリーフを同時におろして、きつく反り返ったペニスを取りだした。いきり勃って天井を睨みつけたペニスもまた、持ち主同様に鬼の形相をしていた。握りしめると、ズキズキと熱い脈動を刻んでいた。

そこまでするつもりはなかった。耕作にも耕作なりに越えてはいけない一線というものを設定していた。最後には肉穴に指を入れてしまったけれど、それまでは生身の愛撫すらみずからに禁じていた。白いセーラー服から巨乳をこぼしている義母の姿は衝撃的ないやらしさで、むしゃぶりつくのをこらえたのは奇跡のようなものだった。

しかし、もう我慢の限界だった。

四つん這いで尻を突きだし、肉穴から発情の蜜を垂らしながら絶頂をねだってきた義母を前に、理性を保っていることなんてできなかった。本能に体を突き動かされていた。

「えっ？　ええっ……」

鏡越しに義息子の男性器を見た義母はうろたえた。彼女もまた、そこまでされるとは思っていなかったはずだ。三日前、セックスができる状況にもかかわらずセックスをこらえきった義息子の良心を、信じていたのかもしれない。

だが、耕作も男だった。健康な十九歳の男なら、この状況で結合を求めないほうが、むしろおかしい……。

「くぅうっ……」

濡れた花園にペニスの切っ先をあてがうと、義母は小さく声をもらした。紅潮した美貌をこわばりきらせ、鏡越しにこちらを見ていた。何度も何度も、小刻みに首を振っている。それはダメだと訴えつつも、四つん這いの体勢を崩さないのがいやらしい。体はペニスを求めているのだ。

耕作は大きく息を吸いこんだ。吐きださないで、腰を前に送りこんだ。ずぶっ、と亀頭を埋めこんだ瞬間、越えてはいけない一線を越えた実感があった。罪悪感や後ろめたさが心に嵐を巻き起こしたが、それを超える勢いで興奮していた。全身の血が沸騰するような興奮状態で、ずぶずぶとペニスを奥に入れていく。

「んんんっ……んんんっ……んあああああーっ！」

ずんっ、と最奥を突きあげると、義母はくびれた腰を弓なりに反り返した。その腰には、紺の襞スカートが残っていた。耕作は、襞スカートごと義母の腰を両手でつかんだ。バックスタイルは初めて経験する体位だったが、不安を覚える暇もなかった。

義母の中は熱かった。そのうえ、すさまじい締まりだった。いや、締まりというか、濡れた肉ひだがペニスに吸いつき、からみついてくる。動きだす前から、気が遠くなりそうな快感を与えてくれる。

「おおおっ……」

耕作は野太い声をもらしながら腰を動かしはじめた。勃起しきったペニスを抜いては突き、突いては抜く──初めての体位だし、正常位ほど密着感もなかったが、うまく動けた。なにしろ見た目が衝撃的にエロかった。白いセーラー服で四つん這いになっている義母を、後ろからも前からも見ることができる。

「あああっ……あああああっ……」

義母は鏡越しにこちらを見ていた。眉根をきつく寄せたその表情には、暗色の罪悪感がべったりと貼りついている。禁忌（きんき）を破っている実感が彼女にもあるに違いないが、もう「やめて」とも「ダメ」とも言わない。羞恥心やプライドをかなぐり捨てるほど欲情しきった完熟ボディは、オルガスムスだけを求めている。表情はつらそうでも、イキたくてイキたくてたまらないと体が言っている。突けば突くほど、肉穴がペニスを食いしめてくる。

勢い、耕作の腰使いも熱を帯びていった。フルピッチで連打を送りこむと、豊満な尻が乾いた音をたてた。パンパンッ、パンパンッ、とリズムに乗って突きまくる。桃割れからたちこめてくる濃厚な蜜の匂いが、興奮に拍車をかける。肉穴の締まりは増していくばかりで、中の肉ひだが蠢きながら吸いついてくる。

たまらなかった。

若い愛華とはまるで違う抱き心地に、耕作の興奮はレッドゾーンを振りきった。愛華がもぎたてのフレッシュな果実なら、義母は甘ったるい匂いを振りまく、じゅくじゅくに熟した果実だった。溺れてしまう、と思った。それが少しも怖くないことが、たまらなく怖かった。

「あああぁーっ！　はぁあああぁーっ！　はぁあああああぁーっ！」

義母が鏡越しに見つめてくる。視線と視線がぶつかりあう。お互いに真っ赤な顔をしている。顔中に汗を浮かべている。それが眼に入っても、ふたりとも拭うことができない。快感がすごい。性器と性器の密着感は最高潮に達し、ふたりでひとつの生き物のようだ。

「ああっ、いやあっ……いやいやいやあああぁーっ！」

義母がいまにも泣きだしそうな顔になった。

「イッ、イッちゃうっ……わたし、もうイクッ……」

耕作は鏡越しにうなずいた。愛撫でならともかく、結合状態で女を焦らすテクニックなど、耕作にはまだなかった。自分の欲望をコントロールできなかった。つんのめる欲望のままに、息をとめて怒濤の連打を送りこむことしかできない。

「イッ、イクッ……もうイッちゃうっ……イッちゃう、イッちゃうっ、イッちゃうっ……はっ、はぁおおおおおおおーっ！」

ビクンッ、ビクンッ、と腰を跳ねあげて、義母は恍惚(こうこつ)の彼方(かなた)にゆき果てていった。

耕作のゴールも近かった。体中の肉という肉をぶるぶると痙攣させてオルガスムスを嚙みしめている義母の尻を、パンパンッ、パンパンッ、と打ち鳴らし、射精に向けて思いきりアクセルを踏みこんだ。

第六章　ママと呼ばせて

1

「ええっ！」

愛華が大げさな声をあげて眼を丸くした。

「いまの話、本当？　本当に帰ってくるの？」

朝食の席でのことである。

耕作の前に、大好物である目玉焼きの載った煮込みハンバーグが義母によって運ばれてきたが、それどころではなかった。

父が帰ってくるらしいのだ。

「昨日の夜、電話があったの」

「帰ってくるって？」

「そう。クリスマスに一時帰国、年末年始はこっちでゆっくり過ごして、春からはあらためて本社勤務に戻れるみたい」

義母が声をはずませて言う。おまけに笑顔が蕩けそうだ。日ごろからよく笑う人だったが、見たこともないような幸福感に満ちあふれた笑顔である。

「そっかぁ、ママにとっては朗報よね。結婚するなり海外赴任とか、普通だったらあり得ないもん。でも、わたしは緊張しそうだなあ。やさしい人だけど、こう見えて人見知りだし……」

愛華も笑っている。一緒に暮らしていたのは一カ月にも満たないから、彼女自身は父のことを好きでも嫌いでもないだろう。おそらく、義母が笑っているから笑っているのである。幸せは人に伝染するものだ。

(クリスマスなんて、もうすぐじゃないか……)

耕作は壁にかかったカレンダーに眼をやった。師走もすでに半ばに差しかかっている。世間的には気忙しい年の瀬、受験生にとっては年明けの試験本番に向けてラストスパートの時期だった。

「とりあえずさ、クリスマスの一時帰国は盛大にパーティしましょうよ。わたし、ケーキつくっちゃう。すごい凝ったやつ。あっ、受験生はパーティなんてなしね。ひとりで二階でお勉強。残念!」

愛華の意地悪な冗談にも、耕作は苦笑をひきつらせることしかできなかった。

一時帰国はともかく、春から父が日本に戻ってくるというのが衝撃的だった。ひとつ屋根の下での三人暮らしにピリオドが打たれる。父が戻って四人暮らしになれば、人間関係が大きく変化するに違いない。

「行ってきまーすっ！」

愛華がリュックを背負って元気に出かけていっても、耕作は席から立てなかった。ほとんど放心状態だった。食事が喉を通らず、大好物の煮込みハンバーグさえひと口食べただけだった。いままで一度だって、義母がつくってくれた朝食を残したことなんてないのに……。

「耕作くん……」

義母がキッチンから出てきた。その顔にはもう、蕩けるような笑みは浮かんでいなかった。華やかな美貌は血の気を失って青ざめ、気まずげに眼を泳がせていた。

「いまちょっと話をしてもいいかしら？」

「……いいですけど」

耕作がか細い声でうなずくと、義母は正面の席に腰をおろした。話がある、と言っていたくせに、なかなか口を開かなかった。はーっと大げさに溜息をつき、視線をさまよわせては、また深い溜息をつく。

「わたしがなにが言いたいか、わかるわよね？」

困り果てたような上眼遣いを向けてくる。

耕作が曖昧に首をかしげると、

「あの人が帰ってくるっていうことは、わたしたちはもう、終わりにしなくちゃいけないの」

義母は覚悟を決めた眼つきでこちらを見た。

「ううん、終わりにっていうか、始めちゃいけない関係だったのよ。わかるでしょ、耕作くんにだって……」

耕作はやはり、曖昧に首をかしげるばかりだ。

義母の言っている「関係」とは、もちろん肉体関係のことだった。セーラー服を着た義母と鏡の前でまぐわってから、すでに二カ月ほどが経過していた。あれから、愛華が昼間外出している平日は、三日にあげずセックスしていた。

こんなはずではなかった。

義母にセーラー服やゴールドビキニを用意させ、自分でも電マを買い求めてきて辱(はずかし)めたのは、幼稚な悪戯心というか、そういうものであったはずだ。義母がかつてグラビアアイドルをやっていたという弱味をつかんだとはいえ、それを盾に体まで要求しようとは思っていなかった。越えてはいけない最後の一線というものを、しっかりと自覚していた。

　だが、越えてしまった。

　セーラー服姿で四つん這いになり、オルガスムスをねだってくる義母は、この世のものとは思えないほどいやらしかった。気がつけば、勃起しきったペニスを取りだし、後ろから突きあげていた。

　あれで完全にタガがはずれてしまった。寝ても覚めても義母とのセックスのことが脳裏をよぎり、隙あらば押し倒した。爆ぜそうなほど膨張しきった肉棒で、突いて突いて突きまくった。

　とはいえ、そんなふうに獣欲に取り憑かれた義息子を、義母は手放しで受け入れてくれたわけではない。

　いつだって、拒まれた。自分たちは体を重ねていい関係ではないと、涙ながらに説得されたこともある。

　だが結局は、恍惚を分かちあってしまう。欲求不満だからである。極太ディルドまで使って慰めていた熟れた体は、セックスを最後まで拒み通すことができない。口では「いや」「ダメ」「もう許して」と言っていても、刺激に反応してしまう。左右の乳首を硬く尖らせ、匂いたつ発情の蜜を大量にあふれさせる。

「わかってくれるわよね？」

義母がすがるように見つめてくる。

「わたしは耕一さんの……あなたのお父さんの妻なの。お父さんのことを愛しているの……だから、全部忘れましょう。なかったことにしましょう……今日からわたしは、あなたにとってただのお母さん、わかってちょうだい……」

「……わかりましたよ」

耕作は溜息まじりにうなずいた。義母の両眼は涙に潤み、うなずかなければ泣きだしてしまいそうだったからである。

2

二階の自室に戻った。

机に向かって参考書を開いてもいっこうに頭に入ってこないので、耕作はベッドに寝転んで天井を見上げた。溜息だけが口から何度もこぼれ出た。久しぶりに「勉強ができない」という状況に陥ってしまった。

実はこの二カ月、自分でも驚くほど勉強に集中できていたのだ。愛華に振りまわされていたときはそうではなかったが、義母と関係できてからは受験勉強の鬼と化し、一心不乱に机に向かっている。

罪悪感から逃れるためである。

耕作にしても、義母と体を重ねていいと思っているわけではなかった。悪いことをしているのは承知のうえで、義母を求めずにはいられないのだ。義母は父の妻であり、愛華の母である。二重の意味で深い罪を犯しているわけであり、ぼんやりしていると胸を掻き毟りたくなる。せめて勉強くらいは頑張ろうと、頭をからっぽにして暗記作業に励んでいる。

おかげで、最新の模擬テストの成績はすこぶるよかったが……。

(それにしても、なかったことにするっていうのは、ひどいんじゃないかなあ……)

天井を見上げながら、胸底でつぶやいた。

義母の気持ちもわからないではないが、それはたしかに「あった」のだ。ふたりが体を重ねたのは、夢でもまぼろしでもなく、現実なのである。甘かったり、気持ちよかったり、一体感を覚えたり、瞬間瞬間には素晴らしい思い出だってあるのに、なかったことにされるのは悲しすぎるというものだ。

(今日からお母さんって言われたって、そんなに急には……)

人は感情の生き物である。感情は意思の力でコントロールすることが難しい。理性だけを働かせて、清く正しく美しく生きるなんて無理だ。

とはいえ、嘆いてばかりいてもしかたがない。

義母を女としてではなく、母として強く意識した瞬間、背筋がゾクッと震えた。その戦慄の正体を、耕作はよく知っていた。

義母を父の妻だと意識するとき、あるいは肉体関係のあった愛華の母と意識するとき、決まってその戦慄は訪れた。

禁忌に触れたときの戦慄なのだ。やめろ！　と理性が叫んでいるのだ。

しかし、禁忌の裏側には、禁忌を破る快感がもれなくひそんでいる。セックスをしてはいけない相手であればあるほど、セックスをすると興奮するという逆説が、この世には存在するらしい。

義母にしても……。

そういった類いのスリルを感じていたからこそ、あれほど乱れていたのではないだろうか？　あの美貌、あのボディ、さして売れなかったとはいえ元グラビアアイドルという経歴——まがうことなき高嶺の花である義母は、耕作などが想像もつかないほど、モテてモテてモテまくる人生を歩んできたに違いない。浮き名を流した相手も、イケメンのやりちんから大金持ちの性豪まで多士済々に違いなく、ついこの前まで童貞だった冴えない十九歳の性技で満足させられるとは思えない。

しかし、義母の乱れ方は、欲求不満のひと言では説明がつかないほど激しく、時に耕作を圧倒するほどだった。

眼を閉じると、体中を痙攣させながらオルガスムスに駆けあがっていく義母の姿が瞼の裏に浮かんできた。と同時に、抗えないほど強い睡魔が襲いかかってきて、耕作を闇の世界へと引きずりこんでいった。

義母と恍惚を分かちあっている夢が見ることができたなら、すべてをなかったことにしてもいいと思った。しかし、実際に見た夢は、義母に思いきり冷たくされ、受験にも失敗して号泣するというものだった。

眼を覚ますと昼過ぎだった。

耕作はベッドからおりて、自室を出た。階下に向かったのは、キッチンにあるはずの買い置きの菓子パンを取りにいくためではなかった。朝食をほとんど残してしまったけれど、食欲なんて全然なかった。

リビングの片隅で、義母はこちらに背中を向けて座っていた。洗濯物にアイロンをかけているようだった。

モスグリーンのワンピースを着ていた。品のある色合いとデザインだったが、義母にしてはいささか地味なセンスだった。朝はいつものように花柄のワンピースだったのに、なにか思うところでもあったのだろうか？

『全部忘れましょう。なかったことにしましょう……』

義母が口にした非情な台詞(せりふ)が、耳底にこびりついて離れない。地味なワンピースは、獣欲に取り憑かれている義息子を遠ざけるための苦肉の策なのか？　好きなおしゃれまで封印して、自分との関係をなかったことにしたいのか？

いいだろう。

そうまでしてこの家に秩序を取り戻したいなら、もうそれでいい。実際のところ、それ以外の道がないことくらい、耕作にだってわかっている。だが、終わり方があまりにも一方的だった。それにはどうしても納得できない。ひとつの関係が終わりを遂げるのなら、それに相応しい儀式が必要なのではないだろうか？

アイロンをかけていた義母が、ハッとした顔で振り返った。こちらの気配を察したらしい。その美貌にはにわかに暗色の影が差し、怯えのようなものが伝わってきた。

耕作の眼が据わっていたからだろう。鏡を見なくても、それはわかった。

「ママ」

耕作の呼びかけに、義母がビクッとする。表情に浮かんだ怯えの色がますます濃くなり、ふたりの間に不穏な空気が流れていく。

「どうしたんだい、ママ。らしくないよ、暗い顔して」

耕作は笑いかけた。もちろん、眼は笑っていなかったはずだ。

「あっ、あなたっ……耕作くんっ……わたしのことママって……」

「そう呼ばれたかったんでしょう？」

一歩、二歩、と義母に近づいていく。

「今日からママって呼ばせてもらうよ。そのほうが父さんだって喜んでくれそうだし」

「そっ、そう……」

義母はひきつった顔でうなずきつつ、立ちあがった。迫りくる義息子から逃れようとしたようだが、逃れる場所などない。義母の背後にあるのはL字形のソファで、そこにアイロン済みの服が重ねて置いてあった。ソファの向こうは壁であり、向かって左も壁、右がキッチンである。

「ママ……」

耕作が身を寄せていくと、義母はキッチンに逃げこんだ。逃げるとしたらそこしかないのだが、この家のキッチンはリビングから独立したタイプで、凹字形のコックピットのようになっている。逃げこんでも袋のネズミだ。

「逃げないでくださいよ、ママ……」

耕作は義母をつかまえた。モスグリーンのワンピースに包まれた体を正面から抱きしめた。義母の後ろはキッチンシンクだ。

「ママの気持ちはわかりました。だから今日からママと呼びます。でもそのかわり、僕の気持ちもわかってほしいんです……」

息のかかる距離でささやくと、義母は必死に顔をそむけた。

「なっ、なんなの、あなたの気持ちって……」

「最後に、もう一回だけ抱かせてほしんです」

義母の腰を抱いていた耕作の両手は、ヒップにすべり落ちていった。尻の双丘を丸みを味わうように撫でまわし、指を食いこませて揉みしだく。義母がいやいやと身をよじる。

「やっ、やめてっ……」

「やめませんよ。ママの気持ちもわかりますけど、一方的に関係を断ち切られるのは我慢ならないんです。ママだって楽しんでいたでしょう？　僕とセックスして気持ちよかったでしょう？」

「そっ、それはっ……」

義母が言葉に詰まったのは、尻の双丘を揉みしだかれているからではなかった。思いだしているからだ。ふたりはこの家の至るところで体を重ねていた。耕作の部屋がメインだったが、リビングのソファ、バスルーム、階段、もちろんこのキッチンでもしたことがある。

キッチンでは立ちバックだった。夕食の準備を始めた義母のスカートをまくりあげ、強引に後ろから入っていった。最初は困惑し、拒む言葉を口にしていた義母も、怒濤の連打を打ちこんでやると、やがて乱れはじめた。「もっとちょうだい、もっとちょうだい」と叫びながら、何度となくゆき果てていった。

忘れたとは言わせない。あのときは乱れ方が尋常ではないくらい激しくて、事後は床に崩れ落ちてしばらく立ちあがれなかったのだ。

「やっ、約束してくれる？」

義母がか細く声を震わせる。

「本当に……本当にこれが最後だって……」

「約束しますよ」

耕作はうなずいた。

「でも、ひとつだけ条件が……」

「なっ、なにっ……」

「どこでするのかは、僕に決めさせてもらっていいですか？」

「……いいけど」

義母が不安げに眉をひそめる。その表情を見て、耕作は内心でほくそ笑んだ。どうやら義母は気づいていないようだった。この家の至るところで体を重ねたことのあるふたりだが、使っていない場所が二箇所だけあった。

ひとつは愛華の部屋だ。そこでセックスしても興奮するとは思えなかったし、よけいな痕跡を残して義母との関係を嗅ぎつけられたりしたら大変なことになる。

そしてもうひとつが、この家の聖域中の聖域である義母の寝室だった。もちろん、父が一緒に住んでいたときは夫婦の寝室だったし、父が帰ってくればまたふたりで枕を並べる場所である。

毒を食らわば皿まで――どうせ禁忌を破るのなら、徹底的に破ってやろうと耕作は腹を括った。

3

義母をうながして夫婦の閨房（けいぼう）に入った。

「ねっ、ねえっ……ここはっ……ここは許してっ……」

義母は抵抗したが、耕作はとりあわなかった。そんなことより、初めて足を踏み入れた父と義母の寝室に好奇心をくすぐられていた。

正確に言えば、一階の奥にあるその部屋に入ったことがないわけではない。むしろ子供のころなどはよく遊びにきていたが、義母と再婚するにあたってリフォームしてからは、決して足を踏み入れられない場所になった。

父は読書家で映画好きでもあるから、かつてその部屋は書斎兼プライヴェートシアターのように使われており、壁一面に造りつけられた本棚に、大量の本やＤＶＤが詰めこまれていた。一〇〇インチオーバーのプロジェクタースクリーンまであり、ちょっとオタクっぽいというか、マニアックな暑苦しさを感じさせる部屋だった。

それがいまや、高原にあるプチホテルのようにさわやかな雰囲気を漂わせている。水色の壁紙にピンクのカーテン、ダブルベッドは天蓋つきで白いレースで囲まれている――普通ならドン引きするような少女趣味だ。

もちろん、耕作も引いていたが、耕作はただこの部屋を眺めたかったわけではない。この部屋を穢（けが）すためにやってきたのだ。ならば少女趣味も悪くはない。

「なかなか素敵ですね。アイドルが住んでいる部屋みたいだ」

冷笑まじりに嫌味を言ってやると、義母は赤くなってうつむいた。

「父さんがこんな部屋を望んだとは思えないですから、ママの趣味でしょ」

耕作が「ママ」と言った瞬間、義母は眉をひそめた。こういう状況で親子であることを意識させないでほしいらしいが、ママと呼んでほしいと言っていたのは彼女のほうだ。

「ちょっと見せてもらいますよ」

耕作はクローゼットの扉を開けた。大量の本やＤＶＤが処分されたのは知っていたが、造りつけの本棚も造りつけのクローゼットにリフォームされていた。

義母は衣装持ちで、華やかな柄の服を好む。クローゼットの扉を開けた瞬間、花畑に出くわしたような錯覚に陥った。あっちもこっちも花柄の服だらけだ。しかし、耕作の目的は服ではなかった。

「ダッ、ダメッ！　そこはっ……」

制止しようとする義母をいなしながら、耕作は下にある引き出しを開けた。予想通り、色とりどりの下着が小さく丸められて並んでいた。耕作が知る限り、義母の下着の趣味はおとなしい。耕作が用意させたゴールドビキニを例外とすれば、ピンクやベージュの下着を着けているところしか見たことがない。

しかし……。

引き出しを次々と開けていくと、見つけてしまった。普段使いと思しき地味な下着とは一線を画す、セクシーランジェリーを……。

「ねえ、耕作くんっ！　お願いっ！　そんなところ見ないでっ！」

義母は涙眼で制止してきたが、耕作はかまわず一枚のパンティをつまみあげた。くしゅっと丸まっているそれをひろげると、横眼で義母を見てニヤリと笑った。

燃えるようなワインレッドのパンティだった。

やたらと生地の面積の狭いハイレグだ。

「勝負下着ってやつですか？」

「やめてよもうっ！」

もちろん、やめるわけにはいかなかった。ワインレッド以外にも、紫や黒やゴールドベージュや、勝負下着は何枚もあった。部屋は少女趣味なのに、下着の趣味はアダルト路線だ。

「こっ、こんなのも着るんですかっ！」

つやつやした光沢を放つ生地のキャミソールを見つけた。それもまた、燃えるようなワインレッドだった。インナーとして使っているのかもしれないが、それにしては色が派手すぎる。おそらく、寝るときに着けているのだ。もちろん、ひとりで寝るときではない。

（いやらしいな……）

ごくり、と耕作は生唾を呑みこんだ。セックスは裸でするものなのに、あえてキャミソールを着けてベッドに入るという心遣いがエロすぎる。いかにも大人の女という感じがする。若い愛華にはできない芸当だ。

「これ着けてもらっていいですか？」

耕作はワインレッドのキャミソールと、同色のパンティとブラジャーを義母に差しだした。

「ううっ……」

義母は唇を噛みしめ、恨みがましく睨んできた。夫婦の閨房でセックスするだけでもとんでもないことなのに、そこまでしなくちゃいけないの？　と彼女の顔には書いてあった。

しかし、義母に拒むことはできない。耕作とはこれが最後のセックス――近々日本に戻ってくる父のためにも、義息子との関係は一刻も早く精算しなければならないと思っている。

「やっ、約束だけは絶対に守ってちょうだいよ……」

清楚な美貌を諦観だけに染めあげて、義母は下着を受けとった。部屋の隅に行き、こちらに背中を向けてモスグリーンのワンピースを脱ぎはじめる。

（たまらないな……）

服を脱ぐ義母の後ろ姿を見ている耕作は、痛いくらいに勃起した。モスグリーンのワンピースの下はやはりベージュの下着だったが、それはそれで生々しくていい。だが、ワインレッドのパンティとブラジャー、そしてキャミソールを着けた義母は、眩《め》暈《まい》を誘うほどセクシーだった。下着がただのアンダーウエアではなく、セックスの小道具としか思えなかった。女が勝負下着を着けるということは、わたしは欲情していますと表明するのと一緒なのだ。

もちろん……。

いまの義母が欲情しているわけではないだろう。義息子との関係を清算するため、嫌々ながらセックスに付き合おうとしている。

しかし、義母の体はじゅくじゅくに熟れている。欲求不満もてあましている。やがて燃えるようなワインレッドのランジェリーに似つかわしいほど、激しく欲情するに違いない。

「ママ……」

耕作が身を寄せていくと、

「ママって言わないで……」

義母は顔をそむけていやいやと身をよじった。耕作はかまわず義母を抱きしめると両腕に力をこめた。セックスのための衣装に身をつつんだ義母は、なんとなくいつもと抱き心地が違った。

キャミソールの生地の、シルクのようなつるつるの感触のせいかもしれない。それに包まれている義母の体は、いつにも増して女らしく感じられた。

「素敵だよ、ママ……ああっ、ママ……」

耕作はうっとりした口調でささやきつつ、義母の背中を撫でまわした。くびれた腰から盛りあがったヒップへと手のひらをすべり落としていくと、

「ううう……」

義母は耕作の体にしがみついて両脚をガクガクと震わせた。耕作の両手は尻の双丘を撫でまわしていたが、過度に感じたわけではないだろう。

思いだしているのだ。この二カ月間、三日にあげず淫らな行為に没頭していたことを……禁忌を破って性器と性器を繋ぎあわせ、恍惚を分かちあっていたことを……。

耕作は抱擁をとくと、義母の手を取ってベッドに向かった。天蓋付きで、四方を白いレースのカーテンで囲んである。少女漫画でお姫さまが寝ているようなベッドだが、興奮のあまり失笑することもできない。耕作は義母をベッドに横たえると、素早く服を脱いだ。ブリーフまで一気に脚から抜いて、臍を叩く勢いで反り返っているペニスを義母に見せつけた。

「あああっ……」

義母がまぶしげに眼を細める。男の器官を眺めているだけで、眼の下がねっとりと紅潮していく。耕作も反り返ったペニスを揺らして、ベッドにあがっていった。

普通なら……。

たとえば相手が愛華であれば、あお向けで横たわっている女体に横側から身を寄せていき、まずはキスから始めるだろう。

だが、義母とはキスをしたことすらない。息のかかる距離まで顔と顔を接近させたことがない。

「いつもの格好になってくださいよ」

耕作が声をかけると、義母はのろのろと体を反転させ、四つん這いになった。前戯も結合も、義母とするときはかならずこのスタイルに決まっている。義母の顔立ちは美しく、よがり顔は衝撃的ないやらしさだった。鏡の前で後ろから突きあげながらその表情を拝んだことはあるが、キスができるような至近距離は無理だった。照れてしまうというか、気まずくなってしまいそうなのだ。四つん這いになっている義母を後ろから責めるほうがセックスに没頭できるし、義母もまたそのようだった。

「ねえ、ママ……」

耕作は義母の尻に手を伸ばしていった。こちらは全裸でも、義母はまだ、ワインレッドの下着を着けている。キャミソール、ブラジャー、パンティ——キャミソールの丈は短いから、尻を突きだす格好になると、バックレースに飾られたふたつの丘がよく見える。

「父さんにも、ここでこんなふうに可愛がられてたの？」

大ぶりのメロンを彷彿（ほうふつ）とさせるほど丸い尻丘を撫でまわしながらささやくと、義母はいやいやと身をよじった。

「そっ、そういうこと、言わないでっ……」

「父さんが帰ってきたら、また可愛がってもらうんでしょう？」

耕作はバックレースの内側に両手をすべりこませた。剝き卵のようにつるつるの素肌に感嘆しつつ、ワインレッドのパンティを引っぱりあげる。

「あああっ！」

股布を桃割れに食いこまされ、義母はせつなげにあえいだ。クイッ、クイッ、とリズムをつけて、耕作は股布を引っぱりあげた。パンティが桃割れに食いこむことで、真っ白い尻の双丘が次第に露わになっていく。見た目も悩殺的だが、いやらしい匂いもたちこめてくる。股布によってこすりあげられている割れ目から、発情の蜜を分泌しはじめたようだ。

4

義母との最初のセックスこそ電マを使った耕作だったが、その後はまったく使わなくなった。

なるほど、電マは女をあっという間に絶頂に導ける最強のラブグッズなのかもしれない。実際、それで嬲り抜かれた義母は、歯を食いしばって気丈さを見せていたものの、最終的には羞恥心もプライドもかなぐり捨ててオルガスムスをねだってきた。忘れられないシーンである。

しかし、電マを使うと自分でイカせたという実感に乏しいのだ。やはり自分の手指や舌、そしてペニスでイカせてこそ女を支配したような満足感に浸れる。

それに熟れきった義母の体は、電マまで使う必要がない。性感が熟れきっているだけではなく、欲求不満もてあましている。クイッ、クイッ、とパンティの股布を股間に食いこませているだけで、いやらしいほど濡れてくる。

「ママ、気持ちいいかい？」

声をかけても、義母はうめくばかりで答えてくれなかった。それでも感じていることは間違いなく、両手でシーツをぎゅっとつかんでいる。必死につかんでいる指先から、水のしたたるような色香が匂う。

「どうして黙ってるの？　そういう冷たい態度だと、意地悪したくなっちゃうな」

耕作は股布を桃割れに食いこませつつ、上のほうを少しだけ横にずらした。セピア色にすぼまったアヌスが恥ずかしげに顔を出し、

「いっ、いやっ！」

義母が鋭い悲鳴をあげた。彼女は排泄器官を見られるのを嫌がる。しかし、逃れることはできない。耕作が、クイッ、クイッ、と右手で股布を引っぱりあげながら、左手で食いこんでいる部分をいじりはじめたからだ。パンティの薄布越しに、敏感な縦

筋をねちっこくなぞってやる。

「あああっ……はぁあああっ……」

そうなると、義母はもう、嫌がってばかりはいられない。アヌスに感じる生温かい吐息におののきつつも、耕作の愛撫に溺れていく。薄布と指が繰りだす淫らな愛撫に翻弄されはじめる。

「いっ、いやあああああーっ！」

さすがにアヌスに舌を這わせだすと、再び鋭い悲鳴をあげた。ジロジロ見たり、息を吹きかけたり、匂いを嗅いだりして辱めることはあっても、舐めたのは初めてだった。アヌスは性器ではないから感じることはないかもしれないが、義母の嫌悪の対象であればやってみる価値がある。おぞましさに身震いしながら、オルガスムスに達するところを見てみたい。

「やっ、やめてっ！　そこはダメッ！　そんなところを舐めないでえええーっ！」

「おいしいっ！　おいしいよ、ママのお尻の穴っ！」

耕作はペロペロと舐めまわしては、すぼまった細かい皺を舌先でなぞった。義母が嫌がれば嫌がるほど興奮してしまう。ひどいことをしている自覚はあっても、そもそもこのセックス自体が禁忌破りなのだ。してはいけないことをしているのだから、排泄器官を舐めるくらいなんだというのだ。

「ねえ、ママッ！　父さんにもここを舐められたことあるかい？」

「あっ、あるわけないでしょっ！」

「他の男には？」

「ないっ！　ないですっ！」

「じゃあ、僕が初めてだ。ママのお尻の穴を舐めるの……」

気をよくした耕作は、表面がふやけるほど舐めまわしては、舌先をすぼまりにねじりこんでいった。義母は悲鳴をあげたが、飴と鞭の法則くらい耕作も心得ている。ワインレッドのパンティをずりさげ、したたるほどに蜜を漏らしている女の割れ目を指でいじりだす。

「あああああーっ！　はぁあああああーっ！」

義母の悲鳴が喜悦に歪んでいく。アヌスへの刺激におぞましさを覚えながらも、割れ目を刺激されて感じている。もっといじってと新鮮な蜜を大量に漏らす。

「くぅうううーぅ！」

ずぶずぶと右手の中指を肉穴に沈めこんでやると、義母はくびれた腰を反らして四つん這いの体を小刻みに震わせた。女の肉穴には上壁にざらついた凹みがあり、Ｇスポットと呼ばれる性感帯らしい。ぐっ、ぐっ、ぐっ、と圧迫するように押してやると、義母の声からはおぞましさが消えた。耕作はまだアヌスを舐めたり、舌先をねじりこんだりしているのに、Gスポットの刺激に集中しているようだ。

肉穴に沈めこませているのは右手の中指だった。余った左手の中指でクリトリスをいじりはじめれば、恥丘を挟んで内側から外側から、感じる部分をピンポイントで刺激することになる。

「ああああーっ！　はああああーっ！　はぁうううううーっ！」

義母は早くも感極まりそうだった。ディルドでオナニーをしていた彼女は、肉穴の奥がもっとも感じやすい。ぐっ、ぐっ、ぐっ、ぐっ、とGスポットを押しては、奥まで指を伸ばして掻き混ぜてやると、

「ダッ、ダメえええええええーっ！」

尻や太腿をぶるぶると震わせて切羽つまった声をあげた。

「イッ、イッちゃうからっ！　そんなにしたらイッちゃうううううーっ！」

「お尻の穴を舐められてイッちゃうの？　ママ」

耕作は意地悪く声をかけた。

「そんないやらしい人がママだなんて思いたくないな。お尻の穴を舐められてイクなんて、変態じゃないか」

「ちっ、違うっ！　違うううううーっ！」

義母が涙声で否定する。気持ちはよくわかる。義母はなにも、アヌスへの刺激でイ

キそうになっているわけではない。濡れた肉穴の奥をぐちゃぐちゃと掻きまわされ、Gスポットを圧迫され、と同時にクリトリスまでいじられているから、熟れた体が反応しているのだ。

それでも、アヌスを舐めているのは事実なので、

「お尻の穴でイッちゃうって言ってよ、ママ」

耕作はなおも義母を嬲りつづけた。

「お尻の穴でイカせてっておねだりしたら、イカせてあげるよ」

「ちっ、違うのっ！　お尻の穴じゃないのっ！　そこが気持ちよくてイキそうになってるんじゃないのっ……はぁあああああーっ！」

義母はおそらく、涙を流していた。シーツに顔をこすりつけているのは、性感帯を執拗に刺激されると同時に、年齢が半分以下の義息子にいたぶり抜かれているからだった。すさまじい羞恥と屈辱に違いない。禁忌を破ってまでこんなことをしている意味が、わからなくなっているかもしれない。

だが、意味はある。耕作が得ている以上の肉体的快感を義母は得ているはずだった。右手の中指を入れている割れ目からは、新鮮な蜜があとからあとからこんこんとあふれてきて、内腿から膝までを濡らしている。シーツにまでしたたってシミをつくり、そのシミは大きくなっていくばかりだ。

「はっ、はぁおおおおおおーっ！」

義母が獣じみた悲鳴をあげた。耕作が指を追加したからだ。中指と人差し指の二本で、肉穴の中を掻き混ぜはじめた。掻き混ぜてはGスポットを押しあげた。

「イッ、イクッ……もうイッちゃうっ……」

「お尻の穴でイッちゃうって言ってよ」

「いっ、いやっ！　いやいやいやあああーっ！」

「ふーん、言えないんだ」

耕作は冷たく吐き捨てると、肉穴から二本指を抜いた。クリトリスを刺激するのもやめて、アヌスからも舌を離した。

「あああっ……あああああっ……」

絶頂寸前で刺激を取りあげられた義母は、もどかしさに激しく身をよじる。もらしている声も、交尾の途中で相手から引き離された獣のようだ。

とはいえ、これは寸止め生殺し地獄ではない。ただ単に、どうせイカせるならペニスでイカせたほうがいいからだ。いつものやり方だった。義母もわかっているから、文句を言わない。ハアハアと肩で息をしながら、次の展開に備えているはずだ。

「舐めてくださいよ」

耕作は膝立ちで義母の顔のほうに進んだ。興奮のままに、後ろから貫いてもよかった。実際そうすることも多いのだが、今日は義母のフェラチオを味わいたい。

「ううぅっ……」

義母が長い黒髪を掻きあげて口腔奉仕の体勢に入る。髪を掻きあげても、耕作を見上げてくることはない。耕作の視線もまた、宙をさまよって定まらない。女が自分のペニスを頬張っている顔は、男にとって最高の興奮材料なのに……。

義母は反り返ったペニスの根元に指を添えると、

「うんあっ……」

亀頭を口唇に含んだ。生温かい口内粘膜の感触が、耕作の腰を反らせる。義母が鼻息をはずませてしゃぶりはじめると、体中の血液が逆流するような感覚が訪れた。

「きっ、気持ちいいっ……気持ちいいよっ……ママの口マンコッ……」

若い愛華とは比べものにならないほど技巧に富んでいるのが、義母のフェラだった。まず、緩急のつけ方がうまい。喉奥付近まで深く咥えこめるし、口内でねちっこく舌が動いている。しゃぶりながら根本をしごいてくる手つきもいやらしく、そうかと思えば玉袋をあやすようなアクセントも加えてくる。

「ああっ、ママッ……ママッ……」

義母をママと呼ぶたびに、耕作の心も千々に乱れる。禁忌を破っている生々しい実感に胸が痛み、けれどもペニスだけはどこまでも硬くなっていく。義母を貫きたいという思いに、彼女の口の中で熱い脈動を刻みはじめる。

「もういい」

耕作が口唇からペニスを抜くと、義母は唾液で濡れた口許を指で拭った。ハアハアと肩で息をしながら、耕作に尻を向けてきた。

その体に、耕作はむしゃぶりついた。義母の体にはまだ、ワインレッドのキャミソールをはじめ、下着がすべて残っていた。ブラジャーはもちろん、パンティも太腿までずりさげた状態だった。

耕作はすべてを奪って素っ裸にしたが、むしゃぶりついた目的はそれだけではなかった。義母をあお向けに倒し、両脚の間に腰をすべりこませた。正常位の体勢で性器と性器の角度を合わせ、挿入の準備を整えた。

耕作は生身のペニスを握りしめた。いつもコンドームは着けない。義母は避妊リングを入れているので、生挿入の中出しで問題ないのだ。

5

義母を正常位で貫いたことはなかった。

対面の騎乗位や座位もなく、バックスタイルでしかセックスしたことがない。クンニリングスさえ、義母を四つん這いにして行なっている。

「えっ？　ええっ？」

義母は激しく戸惑っている。耕作がペニスの先端を濡れた花園にあてがい、上体を覆い被せていくと、淫らなほどピンク色に染まった美貌を困惑に歪めた。

「いくよ、ママ……ママのオマンコに僕のチンポを入れるよ……」

耕作は眼を血走らせてささやき、義母の華奢な肩を抱いた。なぜ急に、義母の顔を見ながらセックスしたくなったのか、わからなかった。興奮しきって思考回路がショートしており、衝動だけに体を突き動かされていた。

腰を前に送りだした。ずぶっ、と亀頭が沈みこんだ瞬間、ピンク色に染まった義母の顔はこわばった。ぎりぎりまで細めた眼で、こちらを見ていた。耕作もまた、義母を見つめながら、じわじわと奥に入っていく。

義母の中は呆れるほどに濡れていた。ひと息で貫くことさえできそうだったが、耕作は小刻みな出し入れを繰り返し、時間をかけて義母とひとつになっていく。一気に入ってしまうことがもったいない。

「んんんっ……くぅううっ……」

義母はせつなげに眉根を寄せて悶えている。バックスタイルも興奮するが、やはり正常位の密着感は格別だ。耕作はペニスを半分ほど入れた状態で、いったん進むのをやめた。義母は類い稀な巨乳である。たわわに実った肉の隆起が、胸にあたっていた。そこに手を伸ばし、ぐいぐいと指を食いこませる。物欲しげに尖りきった左右の乳首を、かわるがわる口に含んでは吸いたてる。

「くぅううーっ！　くぅううぅーっ！」

義母は眉間に深い縦皺を刻んで身をよじった。乳首の刺激に反応するとともに、もどかしさに悶えている。早く奥まで貫いてほしいと、両脚を腰にからめてくる。

耕作もまた、早く奥まで貫いて激しいピストン運動を送りこみたかった。しかし、ここは我慢のしどころだ。セックスは焦らせば焦らすほど燃えあがる。相手を焦らすのはもちろん、自分を焦らす必要もある。

「むうっ……むううっ……」

額に脂汗を浮かべながら、左右の乳首をしつこく愛撫した。吸っては舐め、舐めては甘噛みし、そうしつつ、豊満な隆起もねちっこく揉みしだく。汗ばみはじめた乳肉が、手のひらに吸いついてくる。

「くぅううーっ！　あああぁーっ！」

義母は身をよじるだけに留まらず、ついに腰を押しつけてきた。自分から深く咥えこもうとしたわけだが、そうはいかなかった。彼女が腰を押しつけてくると、耕作は逆に腰を引いた。その動きが、ピストン運動のような摩擦を起こす。ペニスを半分ほど入れた状態で、敏感な肉と肉とがこすりあわされる。

「ねっ、ねえっ……」

義母はいまにも泣きだしそうな顔で、半開きの唇をわななかせた。

「いっ、意地悪しないでっ……」

「奥まで入れてほしいの？　ママ」

「ううっ……」

義母は唇を嚙みしめた。ママと呼ばれることに、まだ抵抗があるようだった。彼女からそう呼んでほしいと言ってきたのだが、それは肉体関係がなかったころの話だ。

「奥まで入れてほしいの？　ママ」

耕作は言葉責めでいたぶりつづける。

「ママのオマンコに深く入れてって言ったら、望みが叶うかもしれないよ」

「いっ、言えないっ……そんなこと言えませんっ……」

「ふーん」

耕作が腰を引いていくと、

「抜かないでっ！」

義母は眼を見開いて声をあげた。

「ぬっ、抜かないでっ……くださいっ……」

「抜かないだけでいいのかい？　ママ」

ずちゅっ、ぐちゅっ、と粘りつくような肉ずれ音をたてて、耕作は浅瀬を穿った。

「奥までほしいんでしょ？　違うの？」

「……そっ、そうよ」

「なんの奥まで？」

「……オッ、オマンコ」

義母はか細く震える声で言った。

「誰の？」

「わっ、わたしっ……」

「ママのでしょ」

「あああああーっ！」

焦れきった義母は、身も世もないという風情で悲鳴にも似た声をあげた。

「オッ、オマンコッ！　ママのオマンコの奥まで入れてっ！　いちばん奥の感じるところをいっぱい突いてっ！　突いてちょうだいっ！　お願いだからっ……」

「いやらしいな……」

耕作はニヤリと笑うと、腰を前に送りだした。興奮の熱を放ち、ヌルヌルに濡れている肉ひだを掻き分けて、奥へ奥へと進んでいく。

「あああっ……あああっ……はっ、はぁうううううーっ！」

ずんっ、と最奥を突きあげると、義母は白い喉を突きだしてのけぞった。両眼を大きく見開いていたが、焦点が合っていなかった。淫らにわななく半開きの唇からは、いまにも舌が伸びてきそうだ。

「好きだよ、ママッ……僕はいやらしいママが大好きだっ……」

耕作はまぶしげに眼を細めて義母の顔を見つめながら、腰を動かしはじめた。まずはゆっくり、といつも思うが、義母が相手だと不可能だった。ヌメヌメした肉ひだがペニスに吸いついてくる生挿入の快感に、リミッターが解除される。自分を制御しようにも腰が勝手に暴れはじめ、怒濤の連打を打ちこんでしまう。

「はっ、はぁうううううーっ！」

腕の中で、義母の体が弓なりに反り返った。何度も体を重ねたことで、耕作は彼女の感じるポイントをつかんでいた。「奥」とひと言で言っても、ただ闇雲に突きあげるだけではダメなのだ。肉穴のいちばん奥には、コリコリした子宮がある。そこをこすりあげるように突いてやると、義母はあっという間に乱れはじめる。ひいひいと喉を絞ってよがり泣き、体中の肉という肉を痙攣させる。今日は正常位なので手脚をジタバタさせ、やがて耕作に思いきりしがみついてきた。

オルガスムスはすぐそこだ。

「ダッ、ダメッ……ダメダメダメええええっ……」

清楚な美貌を真っ赤に染めあげ、ぎりぎりまで細めた眼で見つめてくる。

「イッ、イクッ！　イクイクイクッ……イクウウウウウウウーッ！」

絶叫とともに、腕の中でのたうちまわる義母の顔を、耕作はまばたきも呼吸も忘れてむさぼり眺めた。バックで貫きながら鏡越しには見たことがあるが、初めて目の当たりにする義母のイキ顔だった。

鬼気迫っていた。普段からセクシーさを隠しきれず、笑顔にすら濃厚な色香が滲んでいる義母が、必死になって肉の悦びを嚙みしめている。女に生まれてきた悦びを味わい尽くそうと、一心不乱になっている。

「あああっ……あああああっ……」

イキきると四肢をガクガクと震わせながら、熱く火照(ほて)った素肌をこすりつけてきた。耕作の連打はいったんとまっている。義母は一度のセックスで何度でも絶頂に駆けあがっていくが、イッてもこちらが動きつづけると苦しいらしい。オルガスムスに達すると、性感帯が敏感になってくすぐったくなるらしく、短い休憩が必要なのだ。

「こっ、困るっ……困るのっ……」

余韻に唇を震わせながら、義母は言った。

「こっ、こんなに気持ちがいいのっ……困るのよっ……」

耕作の胸は熱くなった。衝動的に、ぶるぶると震えている義母の唇に、唇を重ねてしまった。

「うんんっ！　ぅんんっ！」

義母の口の中は、驚くほど大量の唾液があふれていた。それごと舌を吸いたてて、しゃぶりまわした。

初めてのキスだった。セックスはしても顔を近づけない。至近距離で見つめあわないし、キスもしない――それがふたりの暗黙の了解だった。

結婚するなり夫が海外赴任になってしまった義母は欲求不満で、耕作はそれを解消する一助になっているつもりだった。いやらしすぎる義母に対する罰というのは、裏を返せば不在の父に代わって肉欲を満たしてやるということだ。

だがもちろん、そんなものは自分を誤魔化す言い訳に過ぎないだろう。

義母のことが好きだった。どうして彼女を正常位で貫いているのか、なぜ急にそんな衝動が訪れたのか、ようやくわかった。

父から寝取ってしまいたかったのだ。こんなにも義母のことが好きなのに、ただの代役では悲しすぎる。欲求不満解消の一助ではなく、義母と愛しあいたい。愛の発露としてのセックスがしたい。

「うんっ……ぅんんっ……」

唾液が行き来するような濃厚なキスを続けた。一度イッたことで吹っきれたのか、義母も自分から大胆に舌をからめてくる。熱くはずみはじめた吐息と吐息がぶつかりあい、唾液が粘っこく糸を引く。

「ああっ、ママッ！　ママッ！」

耕作は再び腰を動かしはじめた。ずぶずぶに濡れた肉穴を、勃起しきった肉棒でしたたかに突きあげた。

「はっ、はぁうううううううーっ！」

腕の中で反り返った義母を抱きしめた。骨が軋みそうなほど強く抱きしめ、ずんずんずんっ、ずんずんっ、と渾身のストロークを送りこんでいく。コリコリした子宮をこすりあげる要領で、熟れた女体を翻弄する。

「ああっ、いいっ！　すごいいいいいーっ！」

義母が絶叫し、身をよじる。

「好きだよ、ママッ！　愛してるよっ、ママあああーっ！」

耕作もまた絶叫し、息をとめて連打を放つ。

「すっ、すごいいいのっ！　奥がいいのっ！　奥がよすぎて蕩けちゃいそうなのおおおおおーっ！」

義母は長い黒髪をざんばらに振り乱すと、紅潮した美貌をひきつりきらせて、すがるようにこちらを見た。

「ダッ、ダメッ……ダメダメダメッ……イッ、イッちゃいそうっ……またイッちゃいそうっ……」

「イッてっ！　イッてよ、ママッ！」

「あああーっ！　はぁあああああーっ！」

義母は絞りだすような声をあげると、四肢をこわばらせて身構えた。耕作はペニスの出し入れを繰り返している。ずちゅっぐちゅっ、ずちゅっぐちゅっ、と卑猥な肉ずれ音を撒き散らし、みずからもフィニッシュに向けて走りだす。

「ああっ、イクッ！　もうイッちゃうっ！　イクイクイクイクイクッ……はっ、はぁおおおおおおーっ！」

獣じみた悲鳴をあげて、義母がオルガスムスに駆けあがっていく。ビクンッ、ビクンッ、と腰を跳ねさせながら、必死になって耕作にしがみついてくる。

「ああっ、ママッ！　ママあああああーっ！」

耕作は義母を呼びながら、最後の一打を打ちこんだ。下半身で爆発が起こり、ペニスの芯に灼熱が走り抜けていく。ドクンッ、ドクンッ、ドクンッ、と跳ねあがりながら精を吐きだすペニスの先端が、コリコリした子宮をこすりたてる。

「はぁおおおおおーっ！　はぁおおおおおおーっ！」

半狂乱でオルガスムスをむさぼり抜く義母の中に、耕作は男の精を全力で吐きだしつづけた。ドクンッと吐きだすたびに眼もくらむほどの衝撃的な快感が訪れ、それが波紋のように全身にひろがっていく。手足の先から頭のてっぺんまでビリビリと痺れさせて、男に生まれてきた悦びを噛みしめさせてくれる。

義母のことが好きだった。

だがその気持ちは、封印したほうがいいのかもしれなかった。

父から義母を寝取るなどというのは、あまりにも非現実的な夢だった。そんなことをしたところで、誰も幸せになりはしない。

ただ、義母と関係を結んでいたこの二カ月のことは、一生忘れないだろうと思った。こんなにも強く異性を求めたのはおそらく初めて——父子家庭と男子校で育った奥手な耕作にとって、義母が初恋の人であることは間違いなかった。

エピローグ

「いい天気だな……」

安アパートの畳の上に寝転んだ耕作は、開け放った窓から見える空の青さに眼を細めた。うららかな春の午後、吹きこんでくる風も生暖かい。陽気に浮かれてどこかに遊びに行けばいいのに、そんな気にもなれない。

ここは、この春から耕作がひとり暮らしを始めたアパートだった。まだ家財道具がまるで揃っていないから、六畳ひと間なのにガランとしている。ついでに言えば、風呂なし物件だ。

桜は散らなかった。

奇跡が起きて、耕作は第一志望の大学に合格することができた。もっとも、年末から試験本番にかけては文字通り寝食も忘れてガリ勉を決めこんでいたので、まったく努力をしなかったわけではない。

「マジかよ、耕作」

「どうして宅浪生のおまえだけが……」

「裏口入学じゃないんだろうな、裏口入学じゃ」

かろうじてすべりどめだけに引っかかった元クラスメイトたちからは、嫉妬まじりの熱い祝福をされたけれど、耕作は手放しでは喜べなかった。あの日から、胸にかかった黒い霧が晴れたことはない。

あの日——。

去年のクリスマス、父が一時帰国したときのことだ。

「お帰りなさい、あなた」

そう言って父を迎えた義母の蕩けるような笑顔に、耕作は打ちのめされた。自分を見るときとは、眼つきも、瞳の色も全然違った。色っぽいことも色っぽいのだが、それだけではなかった。なんと言うか、幸せそうなのだ。恋する男とようやく再会できたという浮ついた心模様が、表情ひとつで伝わってきた。

負けたな、と思った。耕作がいくら義母を好きになったところで、義母が愛しているのは父だけなのだ。敗北感に呑みこまれないようにするために、耕作は自室にこもって一日に十二、三時間もガリ勉を決めこむしかなかった。

大学に合格してまず最初にしたことは、父に連絡してひとり暮らしを認めてもらうことだった。教養課程の校舎が自宅から二時間以上かかるという理由もあるが、父と義母の愛にあふれている家に同居していたくなかった。

「ひとり暮らし？　大丈夫なのか、おまえ。家事とかできるのか？」

電話の向こうで父は心配そうに声をひそめたが、

「いまはできないけど、できないまま大人になるほうがやばいだろ。いまはほら、結婚したって家事は分担するって世の中だしさ」

耕作は強引に押しきった。「そんなに仕送りはできないぞ」と何度も念を押されたので、安い物件を探してまわった。いまどき珍しい木造モルタルの安アパートが見つかった。部屋の中はリフォームされてそこそこ綺麗だったが、外観が廃墟じみているので友達を招くことはできそうになかった。

ドンッ！　と鈍い音がしたので、耕作はびっくりして体を起こした。

音がしたのは玄関扉だった。このアパートにはオートロックはおろか、部屋に呼び鈴さえついていない。したがって訪ねてきた人間はノックをするわけだが、いまのはノックではなかった。足で蹴られている……。

ドンッ！　ドンッ！

「なんなんだよ……」

耕作は眉をひそめて玄関に近づいていった。ドアスコープもついていない簡素なベニヤ製の扉だから、蹴破られてしまいそうだ。

扉を開いた。両手に大きなバッグをぶらさげた愛華が立っていた。

「なっ、なにっ……」

耕作は思わず後退った。彼女とは友好な関係を保っており、家を出てからもＬＩＮＥのやりとりなどはしている。しかし、遊びにくるという話は聞いていない。しかも、その荷物はなんなのだ……。

「ちょっとどいて……」

愛華は耕作を押しのけるようにして部屋にあがると、荷物をおろし、畳の上に腰をおろした。すぐにあお向けに倒れて大の字になる。開け放った窓の向こうを眺め、空の青さに眼を細める。

「なかなかいいところじゃない」

「はあ？」

耕作は苦笑するしかなかった。

「そういうお世辞、よけいに傷つくんだけど。こっちだってさあ、予算の都合でしかたなくこんな部屋に住んでるわけで……」

それでも――と、もうひとりの自分が言う。実家にいるよりは何十倍もマシだと思った。義母が恋する瞳で父を見つめている様子を日々目の当たりにするのは、拷問にも等しい。

「それで……」

耕作は立ったまま腕組みし、畳の上に大の字になっている愛華を見下ろした。

「いったいなんの用なの？」

愛華は質問には答えず、澄ました顔で眼をそらした。彼女は美人である。愛華ほど眼鼻立ちの整っている女は、大学のキャンパスでもひとりも見当たらなかった。しかし、美人であるがゆえに、澄ました顔が小憎たらしい。本人にその気がなくても、馬鹿にされているような気分になる。

「いったいなんの用でしょーか？」

愛華は顔をそむけたまま言った。知るかよ、と耕作は思ったが、邪険に扱うと烈火のごとく怒りだすのが愛華という女だった。なだめる労力を考えると、最初から怒らせないように努めたほうがコスパはいい。

「なんの用か知らないけど、せっかく来たんだからこのへん案内しようか？　大学まで歩いていけるし、学食が安くてうまいんだ」

「やーよ、学食なんて。貧乏くさい」

愛華が横眼で睨んできた。

「貧乏くさいんじゃなくて、金のない学生の味方なの」

「お金がなくても心は豊かにいきたいなあ」

「意味わかんないし。ってゆーか、いつまで寝っ転がってるんだよ。外行こう、外」

ずいぶん前から、耕作は眼のやり場に困っていた。愛華は美人であるうえに、超絶スタイルもいい女だった。胸は大きく、手脚は長い……。

類い稀な巨乳がぴったりしたニットに包まれ、威風堂々と隆起している。おまけにミニスカートだ。太腿が半分以上見えている。靴下が短いから、生脚の肌色の面積が広い。まぶしいほどに白く輝き、油断すると視線を釘づけにされてしまいそうだ。

耕作が金縛りに遭ったように動けないでいると、

「なによう……」

愛華は拗ねたように頬をふくらませ、

「せっかくご褒美のニンジン届けにきたのに、あんたってホントぼんやりね……」

ひとり言のようにポツリと言うと、体を起こしてあぐらをかいた。断っておくが、彼女はミニスカートである。あやうくその下が見えてしまいそうになり、耕作の心臓はドキンとひとつ跳ねあがった。

「実はわたしね……」

愛華は声音をあらためて言った。

「就職が決まったのよ。いつまでもうちにいたらもったいないって、バイト先の人が紹介してくれてさ」

「そっ、それはよかったじゃない……スイーツショップ？」

「もちろん。で、そのお店がこの近くなわけ。電車で十分」

「へええ……」

「うちからだと片道二時間かかるし、ここに住むことにした」

「はああ？」

耕作は驚愕に眼を見開いた。

「なっ、なに言ってるの？　住めるわけないでしょ、こんな狭いところ」

「狭くても我慢する。家賃タダだし、あんたに家事全部やってもらうし、快適そうじゃない？　あっ、言っときますけど、わたし女子力ゼロだから。とくに掃除と洗濯が大っ嫌い。料理はまあできないこともないけど、後片付けは絶対やだ」

「なっ、なんなの、その条件……」

耕作は怒りに声を震わせた。

「ひゃ、百歩譲って、部屋が決まるまで置いてくれって言うなら、きょうだいのよしみで考えたっていいけど、家賃は払わない、家事は全部押しつけるって、いくらなんでもひどすぎるんじゃ……」

言葉につまってしまったのは、愛華が不意に立ちあがったからだ。息のかかる距離で見つめられると、耕作は蛇に見込まれた蛙のようになった。

「わたし女子力はゼロだけど、女子としてのランクは高いでしょ」

自信満々に言い放ち、ニカッと笑う。

「こんなボロアパートの家賃くらいなんなの？　家事なんて俺にまかせろでいいじゃない？　こんな可愛い子が一緒に住んでくれて、毎晩エッチできるんだから……」

「いっ、いやあ……」

耕作は泣き笑いのような顔になった。

「だいたいさ、あんたひどいわよ。あの家に……ママとお父さんがラブラブ光線放出中のおうちにわたしひとり残してさ、自分だけさっさと逃げだして、気まずいったらなかったんだから……」

「……だよね」

「なにかっていうと見つめあっちゃって、もう完全にふたりの世界」

「それは……ちょっと悪かったって思ってるけど……」

「でしょ、でしょ」

愛華は勝ち誇った顔で耕作の手を握ってきた。

「じゃあ、いいわね。わたしもここに住んで。家賃はタダ、家事も全部あんたの担当……」

耕作は言葉を返せなかった。ひどい条件を並べながらも、愛華がこちらを見つめる眼が、熱を帯びていったからだ。

一緒だった。その眼つき、その瞳の色——父に恋をしている義母とそっくりな表情に、耕作は鼓動が乱れてしかたがなかった。

愛華に握られている手を、ぎゅっと握り返す。愛華の眼の下が、にわかに赤く染まっていく。

「ご褒美のニンジン、食べる?」

「……ああ」

耕作がおずおずとうなずくと、愛華は真っ赤になってうつむいた。

彼女と始める新生活がどういうものになるのか、いまは想像もつかなかった。しかし、満たされそうだなという予感が耕作にはあった。義母に恋する瞳で見られている父が満たされているように、自分も満たされたいという希望が胸にあふれていく。


（了）

＊本作品はフィクションです。作品内に登場する人名、地名、団体名等は実在のものとは関係ありません。

長編小説

わが家（や）は背徳（はいとく）

草凪（くさなぎ） 優（ゆう）

2023年9月11日　初版第一刷発行

ブックデザイン……………………　橋元浩明(sowhat.Inc.)

発行人……………………………………………後藤明信

発行所…………………………………株式会社竹書房

〒102-0075　東京都千代田区三番町8－1
三番町東急ビル6F
email：info@takeshobo.co.jp
http://www.takeshobo.co.jp

印刷・製本………………………中央精版印刷株式会社